山东文化体验廊道故事丛书·上编

胶济铁路
历史文化故事

JIAOJI TIELU LISHI
WENHUA GUSHI

总编纂　王志民
主　编　刘本森

山东文艺出版社

图书在版编目（CIP）数据

胶济铁路历史文化故事 / 刘本森主编 . — 济南：山东文艺出版社，2023.9
（山东文化体验廊道故事丛书）
ISBN 978-7-5329-6915-9

Ⅰ . ①胶… Ⅱ . ①刘… Ⅲ . ①历史故事—作品集—中国 Ⅳ . ①I247.8

中国国家版本馆CIP数据核字（2023）第106000号

胶济铁路历史文化故事
JIAOJI TIELU LISHI WENHUA GUSHI
总编纂　王志民　　主编　刘本森

主管单位	山东出版传媒股份有限公司
出版发行	山东文艺出版社
社　　址	山东省济南市英雄山路189号
邮　　编	250002
网　　址	www.sdwypress.com

读者服务	0531-82098776（总编室）
	0531-82098775（市场营销部）
电子邮箱	sdwy@sdpress.com.cn

印　　刷	山东临沂新华印刷物流集团有限责任公司
开　　本	880 毫米 × 1230 毫米　1/32
印　　张	7
字　　数	150千
版　　次	2023 年 9 月第 1 版
印　　次	2023 年 9 月第 1 次印刷
书　　号	ISBN 978-7-5329-6915-9
定　　价	59.00元

前　言

　　党的二十大报告明确提出："坚守中华文化立场，提炼展示中华文明的精神标识和文化精髓，加快构建中国话语和中国叙事体系，讲好中国故事、传播好中国声音，展现可信、可爱、可敬的中国形象。"习近平总书记在文化传承发展座谈会上深刻指出，要在新起点上继续推动文化繁荣、建设文化强国、建设中华民族现代文明。编纂出版《山东文化体验廊道故事丛书》（以下简称《丛书》）是深入学习贯彻党的二十大精神和习近平总书记重要指示精神，贯彻落实山东省委、省政府关于打造文化"两创"新标杆部署要求的重要举措，是立足山东文化资源优势，以沿黄河、沿大运河、沿齐长城、沿黄渤海和沿胶济铁路等文化体验廊道为轴线，以各市文化体验廊道建设为着力点，撷取历史文化精华的大型普及性学术工程，是在新的历史起点上讲好山东故事、坚定文化自信、推动文化繁荣、促进文旅结合的重点文化项目。

　　山东，古称"齐鲁之邦"，是中华文明最重要的发源地之一。奔流的黄河由山东入海，齐鲁大地是黄河文明的核心区域之一。巍峨屹立的泰山，自古以来就是历代帝王封禅之地，是中国东方上层文化的活动中心，1987年被联合国教科文组织列为中国第一个世界文化、自然双重遗产。黄渤海环绕的山东半岛是全国最大的半岛，漫长海岸线形成了丰厚的海洋文化资源，一直是中国北方海上丝绸之路的重要门户。山东又是伟大思想家、教育家孔子和孟子的故乡，是儒家文化的发源地，是中国人乃至全球华人、华裔心中的"圣地"。在被称为中华文明"轴心时代"的春秋战国时期，齐鲁是中华文明的"重心"所在：诸子百家，多出齐鲁；儒墨显学，独领风骚。齐国故都临淄，是当时最大的工商业都城，被国际足联命名为"足球起源地"；这里诞生了中国历史上最早的大学堂——稷下学宫，是诸子百家争鸣的学术文化中心；齐长城西起济水，东到大海，蜿蜒于泰沂山脉，全长一千余里，是现存最早的有准确遗迹可考、保存状况较好的古代长城；被列为世界文化遗产名录的京杭大运河，纵贯山东南北，极大影响了元明清以来山东地区的经济文化发展，鲁西沿岸城市带的崛起，成为中国南北文化交流融合的运河明珠，见证了山东地区社会文化的隆替嬗变。近代以来，随着烟台、青岛等沿海城市的崛起和胶济铁路的修筑，山东成为中西文化交流、冲突、碰撞、融合的核心地区之一，收回青岛主权成为"五四"爱国运动的导火索。革命战争年代，山东党政军民用生命和鲜血凝聚而成的"党群同心、军民情深、水乳交融、生死与共"的"沂蒙精神"，是齐鲁优秀文化、伟大建党精神与中国共产党领导的人民革命英雄主义精神的集中体现，是对山东境内沂蒙、胶东、渤海、鲁西（冀鲁豫边区）

等抗日革命根据地红色文化、革命精神的集中凝练和概括，与延安精神、井冈山精神、西柏坡精神等一起成为中国共产党人精神谱系的重要组成部分。齐鲁文化在中华文明发展中的特殊地位，山东地区源远流长、丰富厚重的文化资源，坚定文化自信和自觉的历史责任担当是我们举全省之力编纂《丛书》的内在动力。

《丛书》以国家文化公园建设为引领，以落实文化"两创"、推动"两个结合"为宗旨，以推动全省及各市文化建设为目标，是具有权威性、故事性、可读性、趣味性的历史故事集成，是一套可携带、可利用、可转化的文化读本。《丛书》分为上、下两编，上编 16 本，围绕"四廊一线"文化体验廊道、八大文化传承发展片区展开。"四廊一线"构筑的沿黄河、沿大运河、沿齐长城、沿黄渤海、沿胶济铁路的文化交通线纵横交错，相互联系又各具特色，其特点是以脍炙人口的故事形式联通"四廊一线"的人物事迹、重点景区、遗址遗迹等，厚植文化体验廊道的思想内涵和文化底蕴。八大文化传承发展片区，既涵盖了沂蒙、渤海、鲁西、胶东四大红色文化片区，又吸收了泰山文化、儒学文化、齐文化作为重要支撑，演奏出山东历史文化、革命文化、社会主义先进文化的时代交响。下编 16 本，紧紧围绕各地市优势和特色展开，主要记述本地区历史故事、文化遗址与人文景观、非物质文化遗产等内容，是推动文化廊道落地、推进片区文化建设、增强文化认同、深化文旅体验的重要载体。

《丛书》由山东省委常委、宣传部部长白玉刚统筹谋划和指导，省委宣传部专门组建学术编纂委员会负责具体实施，省直各有关部门和各市委宣传部给予大力支持配合，省内相关高校、研究机构和各市有关单位共 100 余位专家学者积极参与，历经酝酿策划、启动实施、提纲设计、样稿研讨、通稿审稿、编辑出版等六个阶段。2022 年以来，省委、省政府先后印发《关于打造中华优秀传统文化"两创"新标杆行动计划（2022—2025 年）》《关于建设文化体验廊道推动文旅融合高质量发展的实施计划（2023—2025 年）》，全方位挖掘展现山东人文沃土可以深度耕作的比较优势，为《丛书》编纂做好了思想、学术和组织准备。具体编纂过程中，省委宣传部专门印发《关于做好〈丛书〉编纂工作的指导意见》，统一思想认识，作出全面部署。编委会以线上线下形式，多次召开全体会议和分组专题会议，狠抓三个重要工作节点：**一是审定编撰提纲。**通过反复研讨、交流、修改、会审等形式逐一审定编写提纲，最大程度保证全书质量。**二是树立样稿典型。**集中力量撰写、反复研讨修改，确定分类样稿，做好典型导引。**三是全力做好通稿统审。**采用主编初审、各卷主编交流互审、学术专家主审、首席专家终审等层层把关、集中审查、反复修改的方式提高稿件质量。

回顾《丛书》编纂工作，始终注意把握好以下四个方面：**一是坚定文化自信。**通过挖掘历史资料、开发历史资源、恢复历史场景等形式，获取文化营养，坚定文化自信。**二是助推文化自觉。**通过传承弘扬优秀传统文化、红色文化、社会主义先进文化，深入挖掘历史先贤和革命先烈的伟大事迹，推动文化自觉，与培育践行社会主义核心价值观有机结合。**三是落实文**

化"**两创**"。精选真实历史故事，注重挖掘故事背后的文化内涵，推动齐鲁优秀传统文化在新时代创造性转化和创新性发展，推进文化自信自强。**四是服务文旅融合**。借助故事、景观、遗址、非遗讲解词、短视频等融媒体形式，让广大读者在区域文化旅游、廊道文化体验中感受中华文化的博大精深，增强民族自豪感和自信心。

在内容撰写上注重四个结合：**一是与廊道体验相结合**。突出廊道建设概念，以故事为纬线，以时代发展为轴线，通过富有魅力的故事讲述，展示历史人物、景观、史实，引领读者体验传统文化的恢宏气势和博大精深。**二是与景观建设相结合**。以真实动人的故事为景观建设提供重要的历史资源和文化依据，通过一个个精品景观建设展示历史故事的丰富内涵和当代价值。**三是与文物保护相结合**。通过讲述历史故事，让广大读者进一步了解相关文物、遗址的历史文化价值，提升文物保护意识，推动群众性文物保护工作再上新台阶。**四是与媒体利用相结合**。立足于故事转化，使故事成为各类媒体传播的重要基础、蓝本和素材，成为廊道文化、片区文化讲解、传播的重要学术依据和资料来源。

《丛书》的编纂出版，是普及、传播优秀传统文化，推动文化"两创"的新尝试。衷心希望广大读者通过阅读本书，吸收丰富文化营养，多提宝贵修改意见。

编者

2023 年 8 月

导　语

胶济铁路东起青岛，西至济南，1899 年 8 月开始建设，1904 年 6 月全线建成通车，是山东首条铁路，也是中国最早的铁路之一。

（一）

修建胶济铁路，最早是由一个叫李希霍芬的德国地质学家提出的。不过铁路的修建，要从"巨野教案"说起。1897 年 11 月 13 日，德国借口"巨野教案"出兵胶州湾，以武力占领胶澳（即青岛）。德国人占领胶州湾以后，立刻进行了胶济铁路的修建。胶济铁路从 1899 年 8 月开始建设，历时五年，于 1904 年 6 月 1 日全线竣工通车，同时竣工通车的还有博山支线。此时，胶济铁路干线全长 395.2 公里，支线长 45.7 公里。这是一条由德国直接控制、旨在掠夺中国资源的殖民铁路。

1914 年第一次世界大战爆发后，日本先后攻占青岛、济南等地，并乘机取代德国霸占胶济铁路。同年冬，日本将胶济铁路改名为山东铁道，由日本临时铁道联队管理。从 1904 年铁路建成到国民政府于 1923 年收回路权，胶济铁路一直处于外国列强的控制之下。

面对殖民者通过胶济铁路进行的侵略，中国人民开展了形式多样的斗争。胶济铁路开始勘测之时，沿线百姓便通过拔掉所插路标以示抵抗。正式修筑之时，沿线百姓开展顽强的阻路斗争，其中高密的孙文等人领导的大规模抗德阻路斗争导致铁路工程几乎被迫停工将近一年。津浦铁路规划建设济南站时，为了有效控制路权，中方毅然放弃了在济南共建车站这一节省费用的方案，另行修建了津浦铁路济南站。这一时期，以悦来公司为代表的民族企业也布局胶济沿线，与洋人争夺经济利益。

铁路的开通运行大大缩短了通行时间，给人们带来了快捷和方便，也在一定程度上推动了沿线城镇商业经济的繁荣。然而，殖民者统治下的铁路给人们带来的还有无尽的屈辱和深重的灾难，给山东带来的还有资源的破坏和掠夺。

日本于一战期间占领胶济铁路后，大肆在山东进行经济掠夺和文化侵略，迫害铁路职工，压榨企业工人。为收回路权，中日之间展开了长达八年的交涉和争夺。最终在 1921 年底召开的华盛顿会议上，经过艰苦谈判，中国与日本签署了《解决山东悬案条约》，确定于 1923 年 1 月 1 日收回胶济铁路及其支线的一切附属财产。这是中国首次通过外交谈判形式收回路权，是中国近代史上具有里程碑意义的外交成果。

（二）

1923 年，北洋政府从形式上收回了胶济铁路路权。然而，当时的中国面临内忧外患，内有军阀混战，政权更迭频繁，外有列强压迫和掠夺——尤其是日本，一直虎视眈眈，觊觎山东的丰富资源。在动荡的局势下，胶济铁路面临着重重困难，振兴之路步履维艰。

铁路虽然收回，但在中国偿还完四千万日元之前，日本掌握着胶济铁路债券及车务长和会计长两个关键职位，依然在很大程度上操纵着胶济铁路，中国民众筹款赎路的计划始终未能成功。收回路权后，胶济铁路管理局组织了铁路的全线大修，但开展铁路西延工程的努力付之东流，沈奏廷教授考察胶济线提出的整理路务建议，也因动荡的局势而未能实现。

这一时期，伴随着胶济铁路路权的回归，以及国人对于铁路的日益熟悉，胶济铁路产生了具有一定特色的铁路文化。著名史学家赵俪生回忆了位于青岛的胶济铁路中学以及众多文化名流和该校的关系，著名画家郝保真与以胶济铁路员工为主的书画艺术社团——少海书画社有着不解情缘，经常乘火车往返于青岛和济南之间的老舍先生创作了短篇小说《“火”车》，山东省立图书馆馆长王献唐从日本人手中抢回了珍贵文物秦汉砖瓦，以提倡国货为主题的第四届"铁展会"在青岛开展……铁路与文化的结合，演绎了一个个动人心弦的故事。

北洋政府的反动统治引起了民众的反抗。胶济铁路及其沿线爆发了铁路工人大罢工、洋行工人大罢工、商民罢市抗税、煤商罢运抵制加价等运动，广大商民和工人意识到团结抗争的意义，展现出自己的力量。全面抗战爆发后，胶济铁路为延续铁路工业命脉，开始了机车、车辆和人员的南迁之旅。与此同时，平津很多民众乘船至烟台或青岛后沿胶济铁路到济南，再转津浦铁路南下逃亡，以避战祸。危难之时，胶济铁路成为南下的生命通道。

日本发动全面侵华战争之后，随着1938年济南和青岛的相继沦陷，胶济铁路再次落入日军之手。

（三）

胶济铁路是一条串联起无数红色记忆的纽带。

胶济铁路早期的工人运动，展现了工人群体中蕴含的红色力量。随着马克思主义的传播和中国共产党的成立，工人阶级集中的胶济铁路成为中国共产党在山东早期革命的重要阵地。王尽美、邓恩铭、纪子瑞等人成为山东工人运动的主要领导者，四方机厂工人大罢工、胶济铁路总同盟大罢工、潍县赤卫队伏击日寇、坊子火车站阻路事件……

彰显了胶济铁路工人中蕴含的革命伟力。广大铁路工人听党话，跟党走，奋起反抗剥削压迫，开展工人运动，吹响了胶济铁路工人运动不断前进的号角。

抗日战争期间，中国军民浴血奋战，谱写了一曲打击侵略者的壮歌，胶济铁路沿线发生了一个又一个惊心动魄的抗日故事。学生军训团和铁路工人伏击日军，张博大队突袭"国际列车"，铁路线上地雷战……涌现出了像马功臣、冷芳吾、李兰溪，以及铁路调车员、胶济铁路武工队这样的胶济线上的英雄。胶济铁路经历过多少血与火，承载着多少伤与痛，彰显着多少不屈和理想！

解放战争时期，无数可歌可泣的故事在胶济铁路沿线上涌现。1945年9月2日，日本签署无条件投降书，抗日战争胜利结束。山东军民坚决执行党中央和毛主席"占领胶济铁路"的指示，迅速占领了胶济沿线，即墨等地政府组织百姓平毁了日占时期组织修建的护路沟。然而，国民党发动全面内战之后，力图打通胶济线，我胶东军区、渤海军区进行了惨烈的胶济铁路东段、西段保卫战。保卫战过程中，涌现出魏来国、刘奎基等众多战斗英雄。在国民党军的分割和封锁下，山东成立了武装起来的特殊通信队伍——胶济铁路武交队。战略反攻阶段，我们发起了"横扫胶济路"的战役，胶济铁路沿线回到人民的手中。

胶济铁路是一条见证中国革命和解放事业的红色之路、信仰之路。

（四）

山东完全解放之后，胶济铁路回到了人民手中。此后，胶济铁路在解放战争和社会主义建设中发挥了积极作用，为国家的革命和建设事业做出了重要贡献。

随着青岛的解放，胶济铁路真正属于人民。不过，因为连年战争的破坏，铁路破损严重，面目全非。为充分发挥铁路的作用，党领导广大人民群众，从 1948 年 4 月开始抢修胶济线西段，并在 1949 年 6 月青岛解放后实现了胶济铁路的全线通车。

新中国成立后，胶济铁路担负起国家经济大动脉的重任，胶济铁路及胶济人在各个领域为国家建设贡献着力量。胶济铁路承运了人民英雄纪念碑碑心石，将九十四吨重的崂山浮山花岗岩从青岛运到北京；益都火车站还成为电影《南征北战》的取景地之一；甚至朝鲜战场上也活跃着以任维山为代表的胶济铁路职工群体……

时代在发展，社会在进步。岁月如同胶济铁路上提速的高铁，风驰电掣，胶济铁路的许多印记随着岁月一同消失。然而，人们对于胶济铁路的情怀愈发彰显，关于胶济铁路的记忆得到越来越多的挖掘。拨开历史的尘埃，人们挖出了胶济铁路初建时的德制钢轨钢枕，找到了明信片上"山东铁道第一铁桥"的具体位置，发现了日伪时期的铁路井盖……每一次寻找，每一次发现，每一个记忆，每一个老物件，甚至每一列即将退出历史舞台的老火车，都是胶济铁路悠久历史的生动彰显，都是铁路人和旅客铁路情怀的彰显。

中国近代史上发生的许多重要历史事件，都与胶济铁路密切相关。胶济铁路是在近代列强入侵、民族蒙难的历史背景下修建的。胶济铁路的建设与发展，是中国铁路发展的缩影，折射出中国人民背负的屈辱与艰辛，反映出中华民族承载的光荣与梦想。胶济铁路记录了中国人民反抗外来侵略、争取民族独立并走向近代化的艰辛历程，谱写了中国共产党领导工人运动、抗日战争、解放战争的红色篇章……胶济铁路发展史，是一部中国人民反抗外来侵略、争取国家主权的抗争史，也是一部发展民族经济、走向近代化的奋斗史。

目　录

一

德日控制下的胶济铁路

胶济铁路的规划，最早是由一个叫李希霍芬的德国地质学家提出的。1897 年 11 月 13 日，德国借口"巨野教案"出兵胶州湾，以武力占领胶澳。德国强租胶澳之后，立刻进行胶济铁路的修建，并于 1904 年建成通车。1914 年第一次世界大战爆发后，日本先后攻占青岛、济南等地，并乘机取代德国霸占胶济铁路。同年冬，日本将胶济铁路改名为山东铁道，由日本临时铁道联队管理。从铁路建成的 1904 年到国民政府于 1923 年收回路权，胶济铁路一直处于殖民统治之下。

　　德国和日本殖民者都将胶济铁路视为其经济掠夺的命脉。自胶济铁路勘测始，中国人民就开展了不屈不挠的顽强抵抗，以阻路运动反抗侵略，希望收回路权摆脱压榨。胶济铁路的开通，给沿线中国人带来了复杂的感受，有新的生计，有快捷和便利，更有屈辱。胶济铁路饱经风雨，历经磨难，见证了近代中国人在"内忧外患"双重压力下力图振兴的艰难与悲怆，见证了中国谋求独立自主的艰辛和奋争，更谱写了中国人维护民族权益可歌可泣的斗争篇章。

（一）德国人筑路侵略

19 世纪后期，德国地理学家李希霍芬到山东考察。他觊觎山东的丰饶物产，并提出修建胶济铁路进行掠夺的设想。1897 年，德国武力侵占胶州湾，强迫清政府签订《胶澳租借条约》，取得包括在山东修筑铁路等特权，筹修胶济铁路。1899 年 6 月，德国成立山东铁路公司，负责胶济铁路的修筑和运营。铁路于 1899 年 8 月开始建设，至 1904 年 6 月全线建成通车，成为德国侵略山东的重要交通线。以山东矿务公司为代表的德国公司寄路而生，对山东的矿产等资源进行疯狂掠夺。无论是胶济铁路还是寄路而生的公司，都充满着浓郁的军事殖民侵略色彩。

1. 觊觎山东，倡修胶济铁路

费迪南德·冯·李希霍芬（1833—1905），德国的地理学家、地质学家，是最早构想修筑胶济铁路、觊觎山东资源、意图对山东进行经济侵略的德国人。对此，鲁迅曾于 1903 年在《浙江潮》月刊第八期《中国地质略论》中评论说："盖自利氏游历以来，胶州早非我有矣。"利氏，指的就是李希霍芬。

1868 年至 1872 年，李希霍芬先后多次到中国进行地理地质考察,按七条路线走遍了中国十四个省区。1869 年 3 月,冯·李希霍芬来到山东,开始了三个月的实地勘测,考察过程都通过日记进行详细记录。

李希霍芬敏锐地发现,山东有着丰富的矿产资源。在他眼里,山东腹地煤层连绵不断,宛如一条飘逸的黑绸带。"在博山以南,煤层又在黑色的山脊中起伏,矿脉时隐时现,向济南府方向延伸……博山城的路几乎是煤屑铺成的,大路扬尘,空气里混合着一股硫黄味儿。"浓烟冲霄的博山城,在他眼里是"迄今看到的工业最发达的一座城市。所有的人都在劳动,都有活干。这个城市有着众口皆碑的工业城镇的声誉。这里的优质煤蕴藏在景色美丽的地方,这些煤很早就用于各个工厂,而这些工厂都有数百年的历史了"。对于潍县,他说:"附近有金家港这一项,就足以说明潍县煤矿的价值了。据我打听得知,从潍县去往平度的道路很平坦,就算不以芝罘为起点,而以金家港为起点建造铁路的话,也将足以把以潍县为中心的山东内部巨大的贸易市场连接起来。从煤量蕴藏和煤层分布来看,我认为潍县的煤矿可以和沂州府的煤矿媲美,而且潍县所处的地理位置更为优越,更适合外国资本投入。"

1882 年,李希

李希霍芬所著《中国》

霍芬在《中国》一书中首次正式提出修建一条从胶州湾出发、连接山东的煤田、经济南府通向北京和河南的铁路。他指出，胶州湾以及由此通向内地的铁路将成为山东省经济发展的基础。这成为胶济铁路最初的构想。

1897 年德国占领胶州湾以后，李希霍芬把修建胶济铁路的想法上书德国政府。他认为，铁路对于胶澳的未来至关重要，占领了胶澳还"必须取得铁路敷设权"作为补充。铁路线应慎重选择，建议设南、北两线。南线从胶州至沂州，除了能吸收农、工产品，更重要的是为采掘沂州府属各地煤和其他矿藏准备必要的物质技术条件；北线从胶州至济南，经过人口稠密、产业繁荣的鲁北，并邻近煤炭储量丰富的坊子和盛产茧绸的青州。两线相较，北线远比南线重要，北线铁路一经敷设，将把胶州与省内重要商业城市潍县和山东省城济南直接联系起来。日后若进一步向西延展干线，即可与卢汉铁路相接，使胶州与北京一线相连，或在济南作辐射状延伸，向华北各地作扇形展开……

李希霍芬提出的这个以胶州湾为中心的铁路网计划，对德国选择山东作为势力范围产生了重要影响，后来德国在山东的铁路建设，基本上是按李希霍芬的设想实施的。在李希霍芬考察山东的三十五年后，胶济铁路从胶州湾开出的第一列火车被命名为"李希霍芬号"。但对山东来说，从李希霍芬 1869 年来此考察起，胶州湾的未来就已经悄然发生了改变。

（陈宇舟）

2. 屈辱的《胶澳租借条约》

清朝末年，大量外国传教士涌入中国开展传教活动，传教士与乡民摩擦不断。1897年，德国传教士在山东曹州附近各县唆使教徒欺压人民，激起公愤。11月1日夜，巨野县民众潜入张庄教堂，杀死德国传教士两人，史称"巨野教案"。该教案让德国蓄谋已久的侵占胶州湾计划得以实施。

清政府为防止事态扩大，迅速反应，大肆搜捕，冤杀数人，意在迅速平息纠纷。但这一做法并未阻挡德国人以此为借口侵略中国的行动。消息传到德国，德皇威廉二世认为终于等到了期盼已久的侵略借口，电令驻扎在吴淞口的东亚巡洋舰队司令棣利斯，立即率舰队开赴胶州湾，以"强有力的行动"进行报复。同时指示德国驻华公使海靖，就传教士被杀事件向中国政府提出很高的赔偿要求，使之一时无法满足，以便为占领胶州湾行动争取到足够的时间。

1897年11月13日，德国东亚舰队"皇帝"号、"威廉公主"号、"科莫兰"号驶入胶州湾。次日晨，德军士兵突然携枪炮蜂拥登岸，并派出一名夏姓翻译到胶澳总兵衙门前的操场，对总兵章高元说，胶州湾附近的驻守士兵下午3时前撤出，四十八小时内退尽。他们还砍断了电线，显示武力。

章高元收到德国东亚舰队的照会后，禀告山东巡抚李秉衡。李秉衡一面请旨，一面致电章高元要求他约束士兵。在这种情况下，章高元率领部队移驻青岛山后的四方村一带。德国海上军舰鸣炮二十响以示庆贺。德军得寸进尺，继续逼迫章高元退兵，并在各山口挖沟架炮，声称16日下午3时进攻。章高元无奈，再次退兵沧口。清政府的态度是"决不动兵"，因为一旦开战，"力不能胜，必受大亏"。

11月20日，德国公使海靖等四人来到总理衙门，与恭亲王奕䜣、北洋大臣李鸿章、军机大臣翁同龢等谈判。海靖首先说，先退兵再和谈是肯定不可能的，还提出要把山东巡抚李秉衡革职、永不叙用。德国咄咄逼人，清政府步步退却。此后，双方围绕是否租借胶澳、铁路如何修造等问题反复争辩。谈判一直持续到1898年3月6日，李鸿章、翁同龢和海靖分别代表中德两国签订了不平等的《胶澳租借条约》。条约共三端十款，主要内容为：德国租借胶州湾，租期九十九年；德军在胶州湾沿岸一百里内可自由通行；德国获得修筑胶济铁路权，铁路沿线三十里内地区的开矿权，以及供应山东省各项工程所需用的人员、资本和器材的优先权。

这样的一纸屈辱条约，清政府将美丽富饶的胶州湾拱手让给了德国，使山东的政治局面不可能再像此前那样，仅仅把列强的势力控制在沿海通商港口。德国以所谓"租借"的字眼实现了长期霸占胶州湾的目的。清政府似乎以"租借"二字保留了大清国的些许"颜面"，但在列强眼中，用什么字眼并不重要，重要的是从中国获得多少实际的利益。此后短短数年，俄国强租旅顺、大连湾，英国强租威海卫，法国强租广州湾，西方列强再一次掀起了瓜分中国的狂潮。

《胶澳租借条约》中明确规定要修建胶济铁路。这一计划在德国占领胶州湾不久之后便开始实施。

第二端

鐵路礦務等事

第一款

中國

國家允准德國在山東省蓋造鐵路二道其一由膠澳經過濰

縣青州博山淄川鄒平等處往濟南及山東界其一由膠澳

往沂州及由此處經過萊蕪縣至濟南府其由濟南府往山

東界之一道應俟鐵路造至濟南府後始可開造以便再商

與中國自辦幹路相接 此後段鐵路經過之處應 於另立詳細章程內定明

《胶澳租借条约》中关于铁路与矿务的部分条款

（陈宇舟）

3. 德国开筑胶济铁路

1898 年 1 月 17 日，清政府与德国针对德国武力侵占中国胶州湾的谈判尚在进行之中，德国亚洲业务财团等利益集团就向德国政府提出在中国山东修建铁路和采矿许可权的申请，同时还派出铁路建设专家到山东考察铁路建设预期费用、铁路最佳定线和开矿条件。也就是说，德国的利益集团已经可以无视两国的最终谈判结果，或者是毫无顾虑地坚信德国必将获得在中国山东修筑铁路的特权，开始为配合德国的远东殖民扩张积极准备了。结果的确如此，他们的这个宝押中了。

1899 年 6 月 1 日，德国政府将修建和经营胶济铁路的许可权授予了山东铁路公司，同时授予它在山东开采矿山的许可权。1899 年 6 月 14 日，德国十四家银行出资五千四百万马克组建成立了山东铁路公司，负责胶济铁路的修筑和运营。

本来中德双方签订的《胶澳租借条约》和德国政府颁布的《山东铁路公司建设和经营许可权》都规定，山东铁路公司为中德股份公司："盖造以上各铁路，设立德商、华商公司，或设立一处，或设立数处，德商、华商各自集股，各派妥员领办。""德国人和中国人都可以参与股票的公开认购，尤其要在合适的东亚贸易区开放股票认购。"但山东铁路公司的股东们不想让中国人参与投资，担心公司的活动空间会受到限制，为此竭力避免与中国政府就铁路建设的一般性问题签订任何协议。后来，胶济铁路在修筑中遇到抗德阻路运动，被迫停工达一年之久。山东铁路公司不得不坐下来，与山东巡抚衙门协商

1904 年 8 月，从青岛开往济南的火车

解决办法。

　　成立之初，山东铁路公司总部设在德国柏林，在青岛只设立了一个管理处。股东们认为这样既有利于德国政府对山东铁路建设权的控制，也提高了铁路建设前期规划和预算审批等工作的效率。但随着工程的推进，青岛管理处与柏林管理层之间针对技术问题多次产生矛盾，柏林管理层试图控制铁路工程的领导权，"甚至想从柏林决定每一座桥梁打基础的类型和方式"，但大多由于"技术上的不成熟"而妥协或放弃，修筑铁路的具体事务决定权开始由柏林慢慢转往青岛。1899 年 12 月 22 日，山东铁路公司由德国柏林正式迁往山东青岛。

　　随后，经过五年的建设，胶济铁路于 1904 年 6 月 1 日全线通车。

（陈宇舟）

4. 殖民扩张的海陆连接点之争

青岛火车站是胶济铁路的起点，也是德国连接其海路与陆路侵略的桥头堡。青岛火车站的选址，实际是德方在铁路与海运连接点上做出的选择。

在 1898 年青岛第一份城市规划方案中，青岛火车站被设置在栈桥附近。之所以计划选在这里，是因为 1897 年德国侵占青岛之后，就将栈桥作为货运码头使用，并对栈桥进行改扩建，以水泥铺面，铁索护栏，桥面铺设轻便铁轨便利运输。德国想通过这一选址，建立铁路与海运之间的联系。

但是，胶济铁路修筑负责人锡乐巴经过考察，不同意这个方案，提出青岛站栈桥选址方案只是一个权宜之计，因为 1897 年的规划就确定要在胶州湾内修建青岛港，港口竣工后大型远

初建时的青岛站

洋运输就不会再使用栈桥了。而且在这份方案草图中，铁路轨道的走向在靠近栈桥之前有一个四分之一的圆弧，火车站设计在这一位置，技术难度太大。关于车站的争论一直持续到1899年10月，最终火车站的位置还是按照锡乐巴的方案西移，沿胶州湾海岸连接两个港口。

两个方案看似是在青岛站选址上产生争论，实际是德方在铁路与海运连接点上做出了选择。德方认为青岛的发展基于两个重要前提：一是通过现代化的大型港口设施促进航运的发展，二是通过铁路对内地重要经济地区的殖民开拓必须取得成效。为此，青岛的港口建设与胶济铁路建设必须齐头并进。

通往山东内地的胶济铁路，通过建立与其他运输线的联系扩大影响，就可以吸引更多的运输。锡乐巴曾经详细地描述了将胶济铁路纳入全国及国际铁路网的设想：胶济铁路与中国内部铁路网的连接，对进出口都具有重要意义。胶济铁路的终点站是济南府西站，也是津浦铁路的过路站。在天津，这条新修建的津浦铁路与华北铁路相接。这样就形成了一条不间断的由北京至青岛的铁路轨道，它的重要性在渤海湾内航运由于冰冻而停顿时，显得尤为突出。在天津，还可以通过经山海关通往奉天的铁路，与满洲里和西伯利亚铁路相连，那时就可以通过铁路从柏林到青岛旅游了。最后，从保定府建起的铁路也进入天津，把快速建设中的卢汉铁路和黄海连接起来。……德国在山东的铁路会因这些线路构成未来中国铁路网的一部分，同时通过与西伯利亚铁路的连接，而实现与东亚和欧洲间的国际铁路运输连接。

由此来看，青岛站不仅连接着铁路与海洋、山东与世界，还成为近代西方政治、经济、文化向中国渗透的中转站。

（陈宇舟）

5. 山东矿务公司寄路而生

1899 年，德国通过武力逼迫清政府签订《胶澳租借条约》后，不仅获取了在山东修建铁路的权利，还获得了在铁路沿线开采各种矿产的权利。随后，德国国内一些大银行和企业便开始筹建矿山公司，计划在山东开办大型矿场，而且得到了德国政府的支持。

山东矿务公司于 1899 年 10 月 10 日成立，负责德方在山东的开矿事宜。1901 年，潍县地区第一口矿井——"坊子矿"开始掘井；1902 年 8 月，在 175 米深处发现了四米厚的优质煤层；同年 10 月 1 日，开始采矿，全部采矿设备均由德国制造。一条两公里长的专用线将矿区与胶济铁路坊子站相连。10 月 30 日，十列各载着十五吨石煤的列车首次驶抵青岛。

德国矿务公司在山东开矿带有较重的军事殖民侵略色彩，从探矿之初就与当地民众甚至官府屡次发生冲突。更重要的是，矿务公司在和山东巡抚签订的《山东德华矿务章程》中，中文和德文两个文本的表述，在第十七款存在重大差异。实际操作中，中国矿主能以曾在三十里地带开采过旧矿井的名义开一个新矿，并且可以使用机器，这也就意味着中国人能在此范围内

使用现代开采设备自由开矿，从而打破了山东矿务公司的垄断。

凭借这一条款的保障，山东官方极力鼓动中国人开矿。随着中国人"抢地盘"越来越多，山东矿务公司向山东巡抚周馥提出抗议。周馥承认《山东德华矿务章程》两个文本不一致，但他又强调章程不能更改，根据中文文本，中国矿井是合法的。1904年年底，德国公使穆默将矿务公司的四项条款以《山东矿务续章》的形式照会清政府外务部，被清政府断然拒绝。1905年1月，清政府外务部通知穆默，中方不会考虑举行谈判来修订1900年的《矿务章程》。外务部称，这样做没有正当理由，中文文本的合法性等同于德文文本的合法性，山东矿务公司事实上是在要求新的特权。

周馥还从省金库拨款向矿山投资，中国矿业企业在国家的支持下，继续更新设备，提高开采量，由此形成与山东矿务公司的竞争。对于山东矿务公司来说，他们所预期的独家经营的前景越来越黯淡。1905 年至 1912 年，坊子矿又发生三次爆炸或渗水事故，更使公司的经营受到较大影响。

1913 年 2 月 5 日，经德国首相批准，山东矿务公司和山东铁路公司在柏林签订协议，由山东铁路公司通过发行新股票的方式接收山东矿务公司资产，原山东矿务公司成为山东铁路公司"买矿部"，而山东铁路公司的中文名称变为"山东路矿公司"。至 1914 年"一战"爆发，日本人占领了德国在山东的矿山。

（陈宇舟）

（二）中国民众阻路与抗争

德国人修筑胶济铁路的侵略行径，遭到了沿线百姓的抵抗。早在铁路勘测之时，大吕庄的百姓就以铁路有碍生计、量标不公等为借口，拔掉了所插的路标。铁路正式修筑之时，沿线百姓进行武力抵制，其中高密的孙文等人领导的大规模抗德阻路斗争导致铁路工程被迫停工近一年。在济南，随着津浦铁路的修建，中国民众维护路权的呼声高涨。为了有效控制路权，中方毅然放弃了在济南共建车站这一节省费用的方案，另行修建了津浦铁路济南站。经济领域，以悦来公司为代表的中国企业布局胶济沿线，与洋人争夺经济利益。

1. 大吕庄拔标事件

大吕庄位于高密县城东南十二里，是一个比较大的村子，因为西依胶河，常发生洪涝。1899年6月（光绪二十五年五月），正值胶济铁路的线路勘测时期，有洋人和插标的华人小工在附近勘测线路。6月18日，大吕庄逢集。当天，"大吕庄民与插标小工口角互殴，拔标多根"，并围困德国公司，县令葛之覃"飞往解散""保护洋人回城"。

百姓之所以拔标，是"有意聚众阻住洋人，不准修造铁道"。之所以如此，一方面出于朴素的民族情感，仇视外来侵略者；另一方面也有维护自身利益的考虑，他们担心铁路修成之后，"有碍贫民生计"。事发那天，高密龙德乡的大吕庄、堤东庄百姓借口德人"量地插标不公"，由大吕庄的团练长仪鹤龄、冷保知、冷保池指挥拔标，德国人聘请的华人助手五六人不同意，于是双方发生了口角争论。当日逢集人多，一呼百应，将对方人员打伤三名。可见大吕庄拔标事件是因百姓担心铁路修成有碍生计，由大吕庄团练长负责指挥、绅士组织参与、百姓积极协助的有组织的阻止胶济铁路修筑的行为。

拔标事件招致了德人的报复。他们认为"铁路建筑刻不容缓"，胶澳总督府有权调动军队到中立区内的高密，给中国百姓上"一堂教育课"，通过"强有力的镇压"来"阻止以后发生类似的抵抗行为"。6月24日，德兵一百二十余名在经过距离大吕庄只有里许的堤东庄时，"开枪轰伤庄民数人"。25日，德兵进占高密城。随后，德国增派士兵九十四名往高密，

德兵占领高密县城

并索要赔款。26日,德兵"在城戏开垛炮,轰毙二人",又到刘戈庄"伤毙人命,确数未查"。27日,"加定赔款、兵费等共三千七百余两"。

莱州知府曹榕、高密县令葛之覃为了淡化冲突,将拔标事件定性为偶发事件。他们想把这一事件定性为在集市上偶发的民间冲突(因德国雇员也是华人),淡化铁路插标引发的矛盾:"大吕庄集期,有插标小工至集买物,与赶集庄民口角争殴,经劝各散。不期该小工复纠同伙还殴,彼时赶集人众,该庄民等立时喊聚多人,与该小工等互殴……一面将所插路标拔去多根,劝阻不服。"

处理对外交涉经验丰富的候补知府石祖芬对事件进行复查后,称:"有铁路公司小工在集上买鸡,瞥见年轻妇女,肆行

17

无理。是日适逢集期，致触众怒，群起殴辱。该小工回诉公司，德人即以拔标阻工等情，以耸其听。……而公司小工及各项厮役人等，平日倚势横行，与民间积仇不解，亦非一日。肇事后，人多势众，拔标泄忿。"他还拿出了高密绅民的禀文作为证据，称"大吕庄之肇衅，系一小工在集市上买鸡，瞥见年轻妇女，伸手摸胸，以致众怒群殴"，而小工谎骗洋人，"捏称拔标阻抗工程"，并称"真洋人素守规矩，尚无滋扰"，"最无赖者"是小工，他们"倚恃洋势，到处横行，欺辱乡愚"。石祖芬的这一说法，既想保护百姓，又不愿得罪洋人，因此将事情的责任推到了小工一方，并让己方站在道德制高点上。

毓贤采信了石祖芬的说法，并禀告总理衙门称：大吕庄拔标事件是因小工"戏欺妇女起衅"，以致"激动众怒"，村民因而"群殴小工，顺便拔标"。

事情就这样解决了。德国人没有要求赔偿，老百姓也没有再对修筑胶济铁路表达不满。然而，这种处理方式使百姓的真实诉求被遮蔽了。大吕庄拔标一事，被官府定性为偶发的民间矛盾。但问题没有解决，筑路问题势必会在接下来造成更大的冲突。百姓不愿铁路经过自己的村庄附近。

（刘本森）

2.高密抗德阻路斗争

1899年11月17日，高密境内的胶济铁路修筑开工。到

12月中旬，铁路快要修筑到高密县的车辋、坊岭两乡时，当地百姓担心铁路修筑后引发水患而失去生路，开始采取行动。

车辋、坊岭两乡位于高密县西部，地势洼下，易受水患。当地的河水南北流向，铁路东西走向。铁路一修，路基抬高，影响泄洪，所以对于铁路的开工，当地居民十分不满，声称"铁路一筑，水难宣泄，势必尽遭水患，必无生路"。于是沿线十八个村庄的百姓"群起而与洋人为难"。

对此，德国人采取了分化瓦解的策略。铁道插标以北六庄的庄长在承诺"不随同滋事"后，获得了"每人每月领京钱十千"的报酬。路北各庄之所以同意，主要是因为高密南高北低，铁路一修，把水拦在了路南，他们所受的影响不大。而铁路以南的村庄则做好了武力阻路的准备。

1900年1月1日晨，张家大庄武生李金榜等率二百余人"拆毁铁路草窝铺数座，抢去粮物各散"。1月11日，洋人开工时，"张家大庄等庄率众三千余人拦阻，不准修路，开炮"，官兵保护洋人撤回后，李金榜、孙文、孙成书各率数百人前往，拆除了工地上修路用的木架。

1月21日，山东巡抚袁世凯接到总理衙门命令："缉惩首犯，迅速了结，以免德人兵至，多伤民命。"在这一政策下，官府的手段开始强硬。李金榜被设诱至药店逮捕，百姓的改路要求也被忽视。

面对官府的强硬手段，百姓实施了更多的破坏铁路行为。2月11日，村民几百人"赴鲁家庙拆毁公司分局"，他们翻墙入局，损坏木器，又将工人窝铺拆毁四五处。此时，袁世凯等人也意识到铁路筑成可能引发水患，与德人商量铁路改道。袁世凯表示，如果改路，他可以捐银两三千助工。经过谈判后，德人同意铁路改道，各庄百姓于2月17日解散，并承诺"永不滋事"。

农历正月之后，"民情一律安静"。3月9日，铁路复工。10日，德国方面也因"高密地方安静"而撤回了驻扎在胶州的兵丁。

结果，铁路复工后一个多月，到了4月7日，高密濠里各庄"又有置备枪炮、勾结外匪"情事。这是因为铁路公司办事不遵章程，挖毁了麦苗、菜蔬，所雇华工又借势欺压乡民。于是，孙文传帖聚众，远近响应。官府再次介入，并出面和乡绅一同办理疏通水道的事情。5月1日，铁路公司"照常开工，地方均已安谧"。3日早，孙文被捕。

此时义和团运动已经波及高密。6月末，"两日之间，濠里啸聚，千百成群，驱逐小工，搜杀洋奴。动则施放枪炮，更欲劫夺孙文"。7月2日，"奉谕斩孙文"。

高密村民的抵抗引起了德人报复。10月16日，德兵二百余人抵达高密，"勒令铁路两旁各廿里、濠里各三十里村庄圩墙一律拆毁"。两天后，德国人发现圩墙未拆，当即击毙十余人。22日，德国人炮击李家营庄、克兰庄，共杀害村民二百余名。27日，高密东北乡杜家沙窝村攻击德国人保护铁路的哨所，德兵于11月2日发兵攻打，共有三百多名村民丧生。此后，村民的反抗停息。

1902年6月，铁路筑成。铁路对泄洪的影响很快就显现出来，德国人也承认"该地段必不可少的疏水渠道因铁路铺设而被截断"。高密的抗德阻路运动中，数百人付出生命，可谓惨烈。不过，村民的反抗，展现了不屈的民族精神。

（刘本森）

3. 惊心动魄的济南车站博弈

1904 年早春，起于山东胶州湾畔、带着深刻殖民烙印的胶济铁路，终于修到了省城济南。2 月 25 日，当第一列施工列车抵达济南府的时候，庆祝仪式在当地举行，胶济铁路济南府西站在双方各自的规划中也逐渐清晰起来，一场惊心动魄的车站博弈也随之展开。

在胶济铁路建设的同时，中国主持的津镇铁路（天津至镇江，津浦铁路前身，后来终点镇江改为浦口）规划开始提上议事日程。德国经过与英国的博弈，最终取得了津镇铁路北段的修建权。山东铁路公司建议：把济南府西站作为胶济铁路的终点站，日后也将成为津浦铁路的主要通过站，先修建一座临时站房，胶济线与津镇线在济南实现并轨时再共建一座中央车站。于是，山东铁路公司把济南府西站作为胶济和津镇铁路的共用车站进行了规划，并为此购置了长 1850 米、宽 300 米的大面积土地。济南府西站的轨道之间还保留了必要的空隙，以便日后插入津镇铁路的轨道。甚至在津浦铁路开工前两年的胶济铁路线路图中，德国人就已经提前绘制出了胶济、津浦两条铁路

20世纪初的济南府西站

在济南并轨的状态。

津浦铁路的建设过程中，中国民众维护路权的呼声高涨。中方为了有效控制路权，毅然放弃了在济南共建车站这一节省费用的方案，另行修建了津浦铁路济南站。德方为了与中方抗衡，决定东移扩建胶济铁路济南站。1914年正式开工，扩建选址故意改在了津浦铁路济南站正南面二百多米处，"一"字形设计意在挡住对方的风头，还把五组德国象征荣耀的铁十字勋章图案，镶嵌在新建车站入口大厅的地面上。

令德国人更没有预料到的是，这座胶济铁路济南新站正在紧锣密鼓建设的时候，第一次世界大战在欧洲爆发。日本趁德国无暇东顾，对德宣战，进攻青岛的同时，沿胶济铁路西犯济南。1914年10月6日半夜，日军先头部队二十四名士兵占领了胶济铁路济南府西站。次日晨，日军接管了德方尚未竣工的胶济铁路济南站。

1915年，胶济铁路济南站投入使用，济南府西站结束了它的历史使命，很快消失在人们的视野之中。

在中德双方的车站对弈中，济南自开商埠、津浦铁路独立建站两项举措，均成为中方对抗外国殖民势力随铁路扩张的有效手段。

（陈宇舟）

4. 悦来公司胶济布局

胶济铁路开通之初的某一天，山东青州丝商冯掌柜走进了青州府火车站附近的悦来公司青州分公司。见冯掌柜登门，悦来公司的吴掌柜笑脸相迎。

一阵寒暄过后，冯掌柜提出想去上海办理业务，拱手询问悦来公司能否代为办理车票。吴掌柜拱手还礼道："冯掌柜客气，去上海的事情好办，悦来公司就有这项业务，一切行程尽管放宽心。只要冯掌柜确定了时间，我们会安排一位伙计提前购票，并送冯掌柜登车去青岛，还会在青岛预订好悦来旅店，他们也会派伙计到车站接您，并按照您的要求购买从青岛去上海的船票。"

冯掌柜听后乐道："这么方便，没诓我吧！"吴掌柜说："前段时间，益都知县带着衙役去济南府，也是由悦来公司安排的。我们派专人去了县衙，统计出行人数、乘车等级和行李。

知县大人按照时刻表确定了时间后，我们请他提前在悦来公司休息候车，后来又派车马送府里一行人持票上车。济南府悦来公司的伙计们也早已在列车到达前在站台待命。月底，伙计再到县衙收账。"冯掌柜听后，知道此言不虚，立刻道："宜早不宜迟，那就明天，请吴掌柜费心给安排去上海的行程，就我一个人，费用我让伙计一会儿送过来。"

胶济铁路通车前，德国山东铁路公司担心铁路运输对中国人而言比较困难，提议成立依托铁路运输经营的转运公司，除了办理客运服务外，主要代客商向铁路接洽车辆、货物装运，办理铁路沿线货物的往返运输。悦来公司就是其中实力最强的，由宁波商人丁敬臣与山东商人及山东官员共同组建，总部设在青岛，1901年青岛至胶州段通车的同时开始运营。

悦来公司在胶济铁路所有重要车站附近都建立了分公司，各分公司按业务规模设大小不等的仓库和客房区。1901年，首先在青岛站旁边建了一座欧洲建筑风格的大饭店，后来也提供住宿。同年在胶州设分公司，次年在潍县、青州府和周村各建了贸易公司、仓库和带有储藏站及马厩的旅馆。1903和1904年，在济南东站和西站各建了两层商业大楼。同时，公司在淄川、博山和其他小站设代理机构和人员。1904年6月1日胶济铁路全线通车后，悦来公司可以为客商办理沿线的各种业务。

悦来公司货运中介业务的运作方式一般是这样的：比如胶州商人刘某要给在潍县的客户王某发送一车纸，悦来公司会告诉刘某，铁路运费是40元，如果再加8元，就可以将货物从

1910 年的胶济铁路货运单，收货方为悦来公司

刘某的住处运到铁路上，这样运费一共是 48 元；然后悦来公司在胶州车站订一辆车，取来纸，装车并代填货运单；第二天纸运达潍县，悦来公司将纸接到仓库，然后发给接收人王某，由王某支付运费。为扩大市场，悦来公司还向内地派出很多业务代表，促进了铁路运输的兴盛。

（陈宇舟）

（三）德控时期的胶济铁路生态

胶济铁路开通之后，给沿线中国人带来了复杂的感受。新科状元王寿彭为潍县站题写了"如砥如矢，至齐至鲁"八个大字，表达着平直、定向、快速到达齐鲁各地的寓意。胶济铁路给附近民众带来了新的生计，很多人成为胶济铁路的工作人员；忙碌的车站、轰鸣的列车给百姓们带来了快捷和便利……然而，这是洋人的火车，即便是山东道台黄中慧在乘车时也难免受辱。辛亥革命之后，高度重视铁路事业的孙中山视察胶济铁路，极大鼓舞了山东的革命党人，推动了民族意识的进一步觉醒。

1. 王寿彭题字潍县站

潍县站距青岛近二百公里，基本位于整条胶济铁路的中间，1902年6月1日开站运营，是胶济铁路途经的第一个"大邑"。

潍县站主入口二层窗户两侧的墙上，分别镶嵌了"如砥如矢"和"至齐至鲁"，成为用中式语句表达西式理念的车站广告，在胶济铁路所有车站中也绝无仅有。

胶济铁路沿线车站为何只有潍县站墙壁上有题字呢？这八个字究竟是谁出于什么机缘题写的呢？经查证得知，题写者叫王寿彭，是清朝建立以来潍县出的第二位状元。巧合的是，第

一位高中的潍县人傅以渐是清朝开国状元，而王寿彭则为光绪二十九年（1903）状元，下一科刘春霖成为中国的末代状元，王寿彭算是中国的压轴状元。

王寿彭，字次篯，一字述亭，1874 年生于山东莱州府潍县南关（今潍坊市寒亭区）。1902 年乡试，王寿彭前去应试，中了第三十五名举人。同年，胶济铁路通至潍县。1903 年，为光绪帝三十岁万寿大典，清政府举行辛丑、壬寅"恩正并科"会试，是为癸卯科。王寿彭中了第三十七名贡士，接着参加殿试。没想到名不见经传，排名也不靠前的他，命运却因姓名就此改变。

由于此次科举的第二年是慈禧太后七十大寿，殿试阅卷的大臣们想选一个名字中带有福禄寿喜的定为状元，给慈禧太后个好兆头，也给自己带来好运气。王寿彭，字次篯，而以长寿著称的彭祖又名篯铿，"王寿彭"三个字隐隐含有天子万年的寓意。这样的好名字，理所当然地被排在了前十份试卷的最上面呈给了光绪帝，进而被慈禧太后毫不迟疑地"钦点"为殿试第一名。光绪二十九年的状元就这么诞生了。

喜讯传到王寿彭的家乡潍县，人们自然是奔走相告。关于王状元的"侥幸得中"，也有了新的传说：慈禧钦点了王寿彭后，众举子不服。慈禧又令考官要求每个考生写名人一百个，谁先写完谁胜出。众考生急不可待地写了起来，而王寿彭很快呈了上去。考官展开一看，上书八个大字"七十二贤，二十八宿"，意思是孔子七十二位有成就的弟子，和二十八位传说中的神仙。慈禧对此十分欣赏。对于他的机智，众人也都服了。王寿彭本人对自己中状元实属偶然这种说法，写了一首打油诗辩解："有人说我是偶然，我说偶然亦是难。世上纵有偶然事，岂能偶然再偶然。"

但无论世人如何议论，潍县人王寿彭得中状元却是板上钉钉的事情，对于山东来说也算是一件大喜事。为了沾沾喜气，更为了教化乡民，不知道谁提议请新科状元为刚刚开通的胶济铁路潍县站题字。由此，"如砥如矢，至齐至鲁"八个字镶嵌在了潍县站的墙壁上，长达半个多世纪。

（陈宇舟）

2. 早期勘测胶济铁路的产业工人

　　下面这张照片是胶济铁路开建前，德国工程师和中国同事在山东测量时的留影。胶济铁路博物馆第一展厅专门设立了一个专题对此进行介绍，却没有写明这张照片的拍摄者。不过在1904年首版的《青岛及周边导游手册》中，当时的德国法官弗里德里希·贝麦博士（Friedrich Behme）最早对青岛进行了系统的影像记录。书中有一张照片的人物和拍摄年代与这张照片大体相同，我们推测应该是同一人拍摄。

　　1899年9月23日开始，胶济铁路由青岛向济南修筑，

德国工程师和中国同事测量胶济铁路时的合影

并在青岛和胶州两地同时铺轨。据当时不完全统计，参加筑路的中国农民每天有 2.5 万人。照片中，第二排左三手持仪器的工人叫郝永春。2011 年 05 月 13 日，《半岛都市报》刊登了这张照片后，他的重孙郝立文发现后进行考证，还原了当时的情形。

郝永春，山东平度人，出生于 1868 年左右，年轻时务过农，当过兽医。由于上过几年私塾，胶济铁路修建前被德国人聘用为首批铁路技术工人。据郝立文介绍，郝永春兄妹四人，其他三位分别是郝永夏、郝永秋、郝永冬。作为首批技术工人之一，胶济铁路修建过程中，郝永春把三弟和四弟都带入了这一行列。

据推测，这张照片是他们出发前在青岛村中的合影。清时，因严格的等级制，建筑式样趋于雷同，照片中的这种带有透空正脊、仰瓦、滴水、狼牙砖、粉墙的房子，可能是官方建筑，也可能是青岛村殷实人家的住宅。在没有其他参照物的情况下，难以确定具体地点。就这张照片所载信息而言，房子所在地不像穷乡僻壤，全体人员的精神状态也无疲惫不堪相，前排人员服装虽为布衣但无残破，所持仪器也不似翻山越岭使用过后的状态，而德国人又有在活动前合影的习惯，因而判断为出发前合影。

据市档案馆的资料显示，胶济铁路的修建施工中除少量机械作业外，大部分工程都依靠廉价的人力，当时参加筑路的中国民工每日约有 2.5 万人。德国人余凯思在书中披露，这些农民工的生活和劳动环境相当恶劣，他们住在极其简陋的、临时搭建于野地的茅草屋里，每处都有二十多人拥挤在一起。由于条件很差，伤寒和霍乱之类的传染病经常流行，许多工人因此丧失了性命。

与此同时，铁路运营所需要的机车车辆也陆续通过海运输送到青岛，截至 1900 年就运抵山东 17 部机车、7 部煤水车、4 节二等旅客车厢、24 节三等旅客车厢。

据《胶澳发展备忘录》记述，这些车辆在装船运输时都是拆卸成零件，运抵青岛后再重新安装起来。为此，他们建立了能担负全部车辆装配任务的四方机车厂，招募和培训了一批中国五金匠、铁匠、木匠和安装工人等等。郝永春后来就入职这个机车厂，成为山东近代史上首批铁路工人之一。

（王玉建）

3. 胶济铁路的早期中国职员

胶济铁路建设之初，德方山东铁路公司就雇用了不少中国劳工，这不仅是因为这些乡民吃苦耐劳，且经过短期培训能够达到一定的技术水准，更重要的原因是付给中国劳工的工资对开支巨大的铁路工程更为有利。德方详细地算过一笔账：一个中国小工一天的工资为 30 到 35 分尼，泥瓦匠、木匠、细木工、木桶匠约为 40 分尼，铁匠、铜匠、锁匠和石匠约为 50 分尼。工作时间从日出至日落，中间约有两小时的休息时间。如果教导有方、监控得力，一个小工大抵与欧洲小工的水平相当。手工艺人大概需要一到两个月的培训，即可达到欧洲手工艺人一

核对车站账目的中国籍职员

半的水平。这里的工人完全可以被培训为勤劳的锁匠、司炉和火车司机等。

为此，山东铁路公司于1899年秋在青岛建立了第一所铁路学校，以培养铁路所需的中国职员。在青岛铁路学校正式学习前，这些中国学徒先要在青岛的一所教会学校学习铁路运营所需的预备知识。随后，吃住在铁路学校，用一年时间，系统学习德语、算术、电报、运营和车站业务等课程。给他们上课的教师，有负责教授德语的两位牧师——亨宁豪斯和黑明，还有一位电报监工指导学徒电报操作。山东铁路公司还派来几位职员，教授铁路运营方面的课程。学徒如果学习的是开火车，还有特殊的教育课程。

最初愿意到这所学校学习的中国年轻人，不仅需要一定的学习能力，更需要勇气。在把火车视为破坏祖先风水、摄取人们魂灵的乡民眼中，他们这些试图接近，甚至驾驭这头"怪兽"的年轻后生，无疑也是不可理喻的。这些来学习的孩子们，或者上过教会学校，或者出门见过世面，或者受亲朋好友影响，大多是敢为人先的。在一份当年他们使用过的学习德语的小册子上，"地球"被标注为"哀鞋忒巴而"，"你能中国话否"被标注为"司勃黑哀亨细妻内西诗"。通过这些标注，能深切感受到他们学习态度的认真和最初接受迥异文化的惊讶。

1903年11月，四方机厂建成投产。该厂主要是组装和修理机车车辆。大部分中国工人是当地的木匠、铁匠，和从青岛造船所以及上海、天津等地招募来的工匠。1904年，工厂创设艺工养成所，目的是培养一批德国式工匠。每年招收十人，学制四年，学成后为工厂效力两年。每天由德国人讲课两小时，其余时间到各工种现场实习，采取师傅带徒弟的方式，由德国工长传授操作技术。中国工人还在德国人的指导下，对运来的机车车辆进行纯机械化组装操作。通过"干中学"的方式，中国工人迅速掌握了快速运转的蒸汽机和列车维护的复杂技术。

学徒学成之后，被分配到胶济铁路的各个车站，担任助理、秘书、电报员、扳道工、调车长、机车司机、列车员等职，其中优秀的还会成为小站站长，或大站副手。后来，几乎所有在胶济铁路车站工作的中国年轻人都是由这些学校培养的。

（陈宇舟）

4. 城阳站忙碌的一天

1903年初春，胶东半岛南部的墨河边，堤岸枯草里残留的冰碴在清晨阳光的照射下，闪着晶莹的光，歇了一冬的村民已在田间劳作了多时。顺着田垄边两条发亮的铁轨望去，

不远处一座德式风格的建筑在暖阳中缓缓醒来，那就是城阳火车站，是十里八乡除教堂之外又一处洋人建的房子。硬山样式的屋顶上竖着高高的烟囱，四面墙用一块块青砖交错砌成，侧面灰白的墙面上清晰地写着"城阳"两个楷体字和一串字母"TSCHENGYANG"。站舍面积不足九百平方尺，

20世纪初，正在接收电报的城阳车站站长

铁轨之间是高出轨面一尺左右的土站台。

　　站长正在不大的站长室里做着各种准备工作。由于城阳只是小车站，除了站长只有一名扳道工，忙不过来就雇用车站外的中国苦力。墙上的八角鱼尾挂钟响了，整整敲了八下，从青岛发出的列车出发了。车站外陆陆续续走来了三三两两的村民，有的扛着大大小小的包袱，一看就是奔走于乡间的货郎；有的雇着大车，拉来了两大车鱼，应该是发到沿途的货栈；还有的提了三大篮行李，估计是要出门做大生意的商绅。坐车的乘客，拿着银圆或制钱，通过站长室墙上的一扇九格窗提前购买去往昌乐沿途的车票，随后在候车室里两排坚实厚重的连椅上等着。嘈杂的声音透过售票的窗户挤进了站长室。

　　车票卖完了，桌上的电报机响了起来，电文是"列车由赵

村出发"，墙上的挂钟刚过九点零六分。站长拿着摇铃和信号旗来到了隔壁的候车室，摇铃通知乘客准备上车。随后走出站舍，登上站台，审视着不远处的进站道岔。他让车站上的苦力用喇叭朝东吹出一个拖长的信号，那里的扳道工正在进站道岔旁待命。这时，乘客们背着包袱，提着行李，一个挨一个地走到站台上，水果商和餐饭商大声地叫卖着。

进站的火车停稳后，看车夫招呼车上的乘客依次走下来，站台上等待上车的乘客也耐心地排着队。虽然上下车只有几分钟，但没有混乱和争执，也很少有人询问或叫喊，更不会有人在最后一分钟跑来。那些用大车送来的鱼刚装完，开车的时间就到了。站长喊道："出发！"他太使劲了，以致周围的人都笑了。

列车离开后，站长又去了货物仓库和附近的商街。铁路上除了客运还有不少货运业务，从坊子来的烟叶要在那里卸货入库，下午发往青岛的花生要在那里装车。忙忙碌碌很快到了下午，站长接送走从昌乐返回的客车后，已经过了4点钟，回到站长室开始盘点一天的账目。客票收入、平常零货、贵重物件等的收支情况，银圆、制钱、铜圆等现金收支情况，站长都一一记了下来。

（陈宇舟）

5. 山东道台胶济乘车受辱

胶济铁路开通后，官员在车站迎来送往几乎成为新的"惯例"，既表现了隆重，又展示出热情，更让南来北往的民众"大饱眼福"。对此，中国近代小说家、翻译家、报人包天笑在《钏影楼回忆录》中的"记青州府中学堂"章节，有如下生动记录：山东巡抚周馥到青岛与德国人交涉，从济南乘胶济铁路火车，经过青州府。省里通知青州知府，说抚台过境青州府，本府全体学生要到火车站列队迎送，以示本省兴学有效。谁料火车到站后，谁都没有见到抚台。据说府台大人在专车里睡中觉，概不见客。学生们在车站，只见几个武巡捕手里抓了一大沓手本，喊过学堂的头脑，让学生一概退去！

中国官员在车站的排场也不一定都能摆得出来，特别是身着便服、不坐官轿，还遇到"洋鬼子"的时候。当时的上海《申报》记载：1905年4月30日，山东道台黄中慧乘坐头等车去青岛，列车行至高密站时，德国站长奥力虚见黄中慧身着洋装，误把其当成日本侦探，对他态度恶劣。这时有德国军官和律师偕家眷持头等车票上车，奥力虚遂命令黄中慧把座位让给德国人，黄中慧用英语据理争辩，结果被拽下车。同车之人告诉站长，黄中慧是中国监司大员，不能如此对待。站长这才知道做错了，于是请黄中慧上车。黄中慧不肯，在高密站停留。等他到达青岛后，山东铁路公司总办锡乐巴亲自到他住的旅馆慰问。事后，锡乐巴还向黄中慧致道歉函，称黄道台在高密站"所遇不便"是由于站长奥力虚"尽职太过"引起，已撤销了该站长职务。

黄中慧是一位有影响的改革派人物，与中外多家报馆皆有密切联系，对铁路管理层的轻描淡写大为不满，于是上海和青岛的报纸都登载了这一新闻。黄中慧强调说，他并无过失，却被逐出车外，交士兵看管，被剥夺人身自由，铁路公司却只称其为"不便"，称该站长"尽职太过"，由此可推断铁路公司"虐待华人已视为成例"，称"若不将此等妄为之事从此杜绝，则铁路公司之后患止复无穷"，而且德国的声誉，尤其是铁路公司的名声"从此败坏殆尽"。他还说，将来如果外国人受到中国人的无礼对待，皆不应向中国官员申诉，因为"此等恶行实由汝辈首开其端故也"。

这一事件发生在中国收回利权运动时期，在当时激起了强烈的反德情绪，中国报纸还将此事与德军从高密和胶州撤兵联系起来。报上的评论还称：中国人不再处于德国占领初期的那种卑躬屈膝的地位了，黄种人获得自信了，不能再由外国人做主——特别是在铁路的问题上！

（陈宇舟）

6. 周馥的"新政"与青州博物堂西迁

1904 年秋，四十六岁的怀恩光揣着浸礼会的六千五百英镑，乘坐刚刚开通的胶济铁路，专程到济南，拜见当时的山东巡抚周馥。作为英国浸礼会在中国的重要一员，他此行的主要目的是将在山东青州运营了十七年的博物堂西迁到济南。

周馥

在意料之中，怀恩光的济南之行所获甚丰。怀恩光自称："在周巡抚的支持下，在济南立脚毫无困难。"这次见面，让他顺利地购买了南关江苏义地 16 英亩，约合 6.4 万平方米。

这是双方都很满意的结果。在怀恩光看来，胶济路全线通车后，从济南去胶东，无须在青州过夜，济南越来越重要，在济南扎根，是下一步开展传教的重要举措。对周馥来说，怀恩光的到访，让他敏锐地感觉到这是一个提升民众智慧的重要机会，博物馆的建立能让民众开阔视野，了解世界，激发崇尚科学的思潮。这和他来山东后，推出的一系列"新政"——设工艺局，发展官营工业；创师范馆，兴办师范教育；联名上书，自开商埠——不谋而合。他的施政策略虽然引起朝野上下的诟病，但作为朝廷内的洋务运动的重要策划者和执行者，在对待洋人的态度上，周馥和他的前任袁世凯是一样的认知，都主张既要抵制外国对山东的影响和经济侵略，又要为寻求解决山东存在的各种问题与洋人接触和沟通。

周馥来济南之前便与英国传教士李提摩太结下了友谊，并表示出对基督教的浓厚兴趣。怀恩光的到来，让青州博物堂西迁成为英国浸礼会最快的重心转移。英国浸礼会派来一名姓

庞的土木建筑工程师,设计了一座2.1万平方米的大型展览馆,
定名为"广智院",取"广其智识"之意。

1905年12月,展览馆基本完工,此时周馥已离开山东,
接任山东巡抚的杨士骧参加了开幕庆典。怀恩光抓住这个机会,
在国内外报纸杂志上大肆宣传,声称"全省最高级别的政府官
员亲自参与其事,在山东历史上还是第一次"。至此,青州博
物堂实现西迁,成为济南最早的博物馆,也是中国最早的博物
馆之一。

随着胶济铁路和津浦铁路的不断延伸,广智院参观者日益
增多,到1930年,"每年平均不下四十余万人,几乎等于全
济南的人数"。可见广智院在当时的影响相当广泛深入。

而在广智院的启发下,周馥在山东进行了改革。在他支持下，山东大学堂在济南杆石桥路北购地一百四十多亩，修建校舍、操场，并更名为"山东高等学堂"。1904年9月，他在离任巡抚前夕上书清廷，"特拟派大学堂学生十二名赴日学习，以备教习之选"。这些留学生后来为中国教育事业、革命事业做出了贡献。

（王玉建）

7. 孙中山视察胶济铁路

1912年9月28日7时，一列火车从济南始发，沿着胶济铁路驶向青岛，这是孙中山先生乘坐的专列。孙中山先生此行是受青岛各界人士邀请，前去视察，途中正好履行"全国铁路督办"职责，视察胶济铁路。其时，孙中山先生刚刚卸任中华民国临时大总统，"全国铁路督办"是继任者袁世凯授予他的"新职务"。就这样，一代伟人与铁路有了不解之缘。

孙中山先生非常重视铁路交通工作，提出了在全国修建二十万公里铁路的宏伟计划，并启程对京绥、石太、津浦铁路进行考察。9月26日，他乘火车离开北京，沿津浦铁路南下，抵达济南黄河北岸时下车，乘坐小火轮渡河并勘察了正在建设的泺口黄河铁路大桥第10号桥墩。到达黄河南岸后，孙中山先生登上还未完工的大桥远眺，滔滔河水奔涌向前，气势恢宏。凝神近观，由钢铁构建的桥梁骨架横跨黄河两岸，如同长虹，又如同卧龙。工业与自然构成的壮丽之美，给孙中山先生留下深刻印象。

离开泺口黄河铁路大桥，孙中山先生来到济南视察，消息很快传到青岛，青岛政、学、商等各界人士纷纷邀请他访问青岛。然而，他们的邀请遭到德国驻青岛总督的拒绝。此举引起极大愤怒，人们纷纷提出抗议，要求德国驻青岛总督同意孙中山访问青岛。刘冠三与徐镜心等中国国民党山东支部领导人还赴济南，向孙中山先生转达了青岛各界的盛情邀请。闻知德国驻青岛总督反对的态度和青岛各界人士所做的斗争，孙中山先生万分感动，当即决定绕道青岛南下返沪。他感慨地说道："这次北方之行，虽然访问的城市不少，但青岛是唯一一个受异邦统治的地方，需要好好进行考察。"

列车沿着胶济铁路一路狂奔，这时，两名德国人走进车厢，请求晋见孙中山先生。陪同孙中山先生乘车的刘冠三正欲站起身迎接，孙中山先生扯了扯他的衣襟，暗示他不要起身。德国人告退时，刘冠三又要起身送别，孙中山先生用眼神制止了他。等到德国人下车，孙中山先生对刘冠三说："帝国主义是缺乏理性的，你越对他恭敬，他就越看不起你。"

列车一路飞驰，快要抵达高密火车站时，刘冠三提议孙中山先生在高密站停车视察。高密是一片充满血性的土地，胶济铁路修建时，曾发生过"抗德阻路事件"，英勇的高密人在历史上写下了精彩的一笔。刘冠三籍贯高密，他希望高密大地上留下孙中山先生的足迹。孙中山先生欣然同意。

列车缓缓停靠高密火车站，在站台列队迎送的国民党高密分部负责人、县立高等小学堂堂长、县农会会长侯芝庭和有关人员以及几十名学生爆发出热烈的掌声，车站职员则向列车行注目礼。孙中山先生走出车厢，来到站台，与侯芝庭等主要迎送人员一一握手。他从列队迎送的学生队伍前缓缓走过，频频招手，点头，含笑返回车厢。侯芝庭也跟随走进车厢，孙中山先生送给他一张自己的全身照，留下"要立志做大事，不要做大官"的训言。

在铁路职员的指挥下，在迎送人员的注视中，列车发出一声长鸣，重新出发，奔赴青岛。下午6时，列车抵达青岛火车站，已等候多时的青岛各界人士发出阵阵欢呼。站前广场上，人山人海，人们排成长队，敲锣鼓，扭秧歌，舞狮子，一派热闹，一派欢庆。

孙中山先生身穿深色西装，气宇轩昂、步伐坚定地走出车厢，欢迎的人群顿时沸腾起来。大家脱帽致敬，挥动彩旗，尽情表达着内心的欢喜、激动。月台上，孙中山先生与欢迎的人群站在一起，以列车为背景合影留念。

在青岛，孙中山先生总共视察了三天。他的行程非常紧张，参加了三江会馆集会，出席了广东会馆的欢迎茶会，又到德华大学访问，并向全体师生进行了演讲……10月1日早晨，孙中山先生登上崂山，饱览奇妙旖旎的山海风光。他指着眼前的美景说道："几十年来，我长期在国外漂泊，经常梦见祖国的河山，醒来总是思念不已。今天，亲眼看见我们祖国的壮丽河山，我才知道，它比我的梦境还要美丽得多哩。"

10月1日傍晚，孙中山先生由大港码头登上轮船，启程前往上海。那张孙中山先生在车厢前与欢迎人士的合影记录下了他的此次青岛之行，也记录下他与胶济铁路的密切关系。

（郝炜华）

（四）日控时期的屈辱与抗争

1914年"一战"爆发，日本趁机攻占德国殖民地青岛和胶济铁路全线，胶济铁路易手。以东和公司为代表的日商趁机扩张，在胶济沿线乃至整个山东疯狂掠夺，并且对中国职员进行残酷压榨和迫害。"一战"之后，国人就山东主权和胶济路权进行了长达八年的交涉，终于通过外交谈判形式于1923年收回路权。不过日本的势力已经借助胶济铁路遍布山东。1928年济南五三惨案发生时，住在胶济铁路饭店的美国记者阿班发出了第一篇中立报道。百姓们也通过积极的抗争阻止了日人盗取文物"丈八佛"的企图。

1. 日德交战，胶济易手

青岛自古是海防要地，扼制着水上从山东半岛到中原地区的通道，与辽东半岛形成掎角之势，守卫京津门户。德国强占青岛后，经过十七年的建设，将青岛打造成了初具规模的港口城市。胶济铁路源源不断地将中国山东的农产品、矿产输送给

胶济铁路博物馆展出的《日独战役写真帖》

德国，带去了巨大的经济利益，让日本垂涎不已。

1914年，第一次世界大战爆发。8月23日，日本趁德国陷入欧洲战场无暇东顾，对德宣战。日德战争随即爆发。青岛成为第一次世界大战中亚洲唯一战场。为避免战事扩大，北洋政府宣布中立，划出潍河以东，海庙口、掖县、平度以西为日军行军区。胶济铁路自潍坊至青岛段也在日军行军区内。

然而日本的野心，是趁战事占据胶济全线，控制路权，以便由青岛侵占整个山东，再进一步渗透至中国内陆。不过，德国人经过长达十七年的建设，已经在青岛修建了一批堡垒，将青岛构筑为强大的要塞。日军在青岛遭遇了德军的严密海防，只得将目光转向青岛以北二百五十公里的龙口，兵分两路，目标直指胶济铁路。主力部队登陆龙口后，长驱直入，经掖县、平度、即墨，到胶州，迅速占据胶州火车站，切断德军供给线，并利用胶济铁路快速向西推进，越过"行军区"，图谋济南。尽管北洋政府始终抗议，却并不能阻止日本不断扩大军事行动。日军沿胶济铁路烧杀劫掠，先后占据昌邑、潍县。

10月6日，日军抵达济南，占领了尚未完工的胶济铁路济南站，从德国手中接手进行改造。在海陆合围之下，德军在青岛坚持抵抗了一个多月。11月7日，德军投降。日军在德国的山东铁路公司设立临时铁道联队，接管了胶济铁路管理机构。至此，胶济铁路全线被日军占领，日德宣告战争结束。随后，日本青岛守备军下设民政部，民政部下设山东铁道管理部，成为日军对胶济铁路的管理机构，管控长达八年之久。

日本占领青岛及胶济铁路后，迫不及待地想将其在青岛乃至山东的权益合法化，侵占山东，更图谋整个中国。在此期间，北洋政府频频向日本提出抗议。数月间，双方围绕胶济铁路进行了多番激烈的交涉。

1915年1月18日，日本抛出了旨在灭亡中国的"二十一条"。北洋政府几度外交斡旋，最终在日本政府坚船利炮的威逼下，袁世凯签订了丧权辱国的《民四条约》。

至此，胶济铁路乃至整个山东地区都落入了日本的实际控制之下。对于山东乃至全中国人民，这都是一段屈辱的、充满血与泪的记忆。

（陈宇舟）

2. 东和公司发迹史

1916年，博山博东煤矿华商徐永和因资金不足，难以为继，同日商东和公司订立了包买合同，私自以福山坡、王家峪、黑山前根等处矿山作抵押，向东和公司预支押款三万元。当时，东和公司在中国似乎没有什么实体经济。

1917年3月，徐永和又与东和公司续约，再次预支押款五万元。但这份合同并非单纯的卖炭契约，其矿场设备已有日商投资在内，卖炭契约只不过是表面文章。通过不断投资，以债权人的方式控制矿权，东和公司成为博东煤矿的实际主持者。1923年初，博东煤矿与东和公司达成合办矿山的协议。1924年7月，中日合办的博东公司成立。至此，东和公司经过多年苦心谋划，终于取得了合法采矿权。

东和公司在与徐永和续约的同时，还包买了华商信成公司开采的黑山煤矿三处矿井。因缺乏资金，信成公司经营难以为继。1916年9月，东和公司以七万元购得信成公司煤经销权，信成公司则依赖东和出资维持生产经营。为了避免引起当地人士的议论，合同由东和公司经理、中国人吴子臣出面订立。1917年7月，由于信成公司没能履约，东和公司以信成公司未履约导致产生债务为由，迫使信成公司与之缔结租借开采合同，取得了博山矿区三十万坪十五年的开采权，并计划逐步将矿区扩展到六十万坪。此外，华商义成公司赵家洼、高家林两处矿井的煤也由东和公司包买。在投资参与博山煤矿开采的同时，东和公司还投资两万元，在当地开设了骸炭工场，采用新式炼焦窑从事生产，有窑二三十座，每座可装煤1.5吨，月产300吨，在博山的总投资额也达到了30万元。

1924年到1930年，博东公司经营七年，只得纯利四万余元，经营并不成功。当中虽有运输不便、流动资本缺乏等原因，但该矿与东和公司订立的买卖契约确是其致命伤。博东煤矿产煤质地优良，易于推销，但东和公司通过与之签订的卖炭契约掌握了煤炭的销售权，不合理的定价使东和公司大得其利。1930年，东和盈余达二十余万元，而博东仅为三万元。中方在董事会上提议取消与东和公司的买卖契约，终因日方反对而未能实现。当时在博山矿区，利用华商出面冒领矿权，自己却享有矿权，而分给华商"一盅羹"，是日人常用的方式。

东和公司以买炭合同的形式投入预付款，通过买炭协议来控制煤井的采煤与运销，当矿商无力履行合同之时，包买商便变成了债权人，从而获得实际经营权，是这个时期不少日商在矿区采取的资本扩张方式。

（陈宇舟）

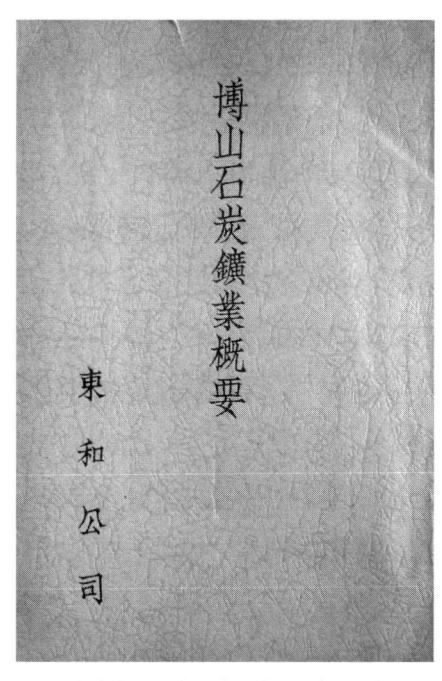

1934年东和公司编写的《博山石炭矿业概要》

3. 日控时期的铁路工人命运

日本人第一次占领胶济铁路是在 1914 年的第一次世界大战期间。当时，趁德国人无暇东顾，日本迅速出兵青岛，与德国人开战，打败德国后强行占领胶济铁路，并接手了德国在山东的一切权益。第一次占领胶济铁路时，日本人心知不会占领太久。尽管日本人一直在多方斡旋，但是，来自中国乃至国际的抗议之声愈来愈强。所以，日本人咬着牙，闷着头，疯狂掠夺。

在这种背景和心态之下，大量日本人进入胶济铁路沿线。仅坊子火车站前就有大小日本商号二百八十余家，铁路旁设有日本领事馆。其间，日本人一方面采取所谓的"怀柔"政策，对铁路工人进行拉拢收买，如在车站下面设烟馆；一方面更疯狂地搜刮中国物资，同时弱化中国人的斗志。在烟馆，日本人安插耳目，留意那些手中无钱，却沉迷于烟瘾中的中国人。考察一段时间后，日本间谍即会出击，先寻点事强加于瘾君子身上，严刑拷打，然后赠以重金，进行拉拢，再经过培训，将其变成日本人的间谍与密探。日本人的这一手段玩弄得极其纯熟，特务遍布各行各业。

日本人心狠手辣，对铁路职工进行严防死守、凌辱殴打。火车站照明等需要煤油，日本人对煤油的使用极其重视，发现少了一点，便对所有职工进行盘查，一不如意，便吊打、灌辣椒水。一个小小的火车站，中国职工只有三五个，均曾被施刑拷打，无一幸免。车站职工家属送饭，日本人都要掀开包袱察看，搜身，甚至污辱。

面对日本人，胶济铁路的广大职工进行了不屈的斗争。据《高密县志》的记载："1920年，高密火车站站长赃本（日人）踢死被火车压断腿的挂钩工人，引起公愤，被调车员董立成刺死。"铁路工人的英勇反抗，展现了工人阶级反对压迫和侵略的坚定意志。

到了抗战时期，日本人第二次占领胶济铁路。面对中国人民不屈不挠的反抗斗争，日本人的手段更加残酷，对铁路的控制更加严格，同时也更积极地对铁路职工进行拉拢收买。然而，广大铁路职工心中自有分寸。做日本人耳目的铁路职工是非常少的，相反，由于交通之便，多有铁路职工依托胶济铁路向外传送情报，保护转移同志，成立地下联络站，为国效力。这也是胶济铁路优良传统之一。

4. 胶济铁路再陷敌手

1937年，七七事变爆发。8月22日，胶济铁路管理局全部由青岛迁至济南办公。

为防止敌人破坏，保证铁路运输，胶济铁路沿线安排道班工人昼夜巡视轨道，全路大桥也均派技术人员驻扎担任防务。所有桥头存储钢轨、木料、片石等防险材料，大桥附近添筑便线、便桥，组织工程列车两列。车站、仓库、水塔、机车房等处一律涂饰保护色彩。在青岛、胶县、高密、坊子、潍县、益都、张店、周村、龙山、济南十站，各建临时机车房一所，又在其他五站各建隐蔽机车岔道，在机车转盘附近铺设Y形岔道。在大给水站及工程列车分别存放柴油抽水机，在各小站多备水桶，如此水源万一被破坏，仍然可以利用井水给机车供水。在潍县等六站各建军用环道一股，在胶县建军用岔道一处，在二十里铺站添设重炮钢轨枕木。与此同时，山东守军面对气势汹汹逼近山东的日军，立即部署军队进行防御。

1937 年 12 月 13 日，南京沦陷，战局急转直下。23 日，日军占领章丘，逼近济南。24 日，第五战区副司令韩复榘为保存实力，不战而放弃济南。25 日，胶济铁路所有路轨、桥梁于机车车辆过轨后被破坏，全路交通完全停止。当日傍晚，日军占领周村。26 日午后，日军占领济南东约二十公里的龙山。27 日上午 9 时，日军矶谷师团进入不设防的济南城，济南沦陷，胶济铁路西段随之被日军占领。

韩复榘率部南撤，日军追踪而下，占领山东大半，青岛已成三面被围之势。12 月 4 日、7 日，蒋介石连发两电，命令沈鸿烈实施"焦土抗战"。8 日，爆破计划正式启动。18 日，日本陆军参谋部下达侵占青岛的指令。同日晚 8 时整，青岛"焦土抗战"在日本工厂的爆炸声中发出巨吼。

1938 年 1 月 10 日上午 9 时，日本海军第二舰队及部分海军陆战队六十余艘军舰和几十架飞机侵入青岛海域和上空。在军舰和飞机的掩护下，日军在距青岛东十八里的沙子口登陆，未发一弹，就占领了青岛各要地。14 日，日本华北方面军的国崎支队和海军第四舰队先后进入青岛市区。至此，胶济铁路全线沦陷，落入日军之手。

华北沦陷后，日本对华北铁路采取殖民主义体制的管理经营。先是在天津设立南满洲铁道株式会社北支事务局，"代管"华北沦陷区铁路。后成立华北交通株式会社，对华北地区的铁路、公路、水运实行综合分区管理，下辖济南在内的八个铁路局，把铁路线变成扩大侵略战争的补给线。

（陈宇舟）

二

收回路权后胶济铁路的
动荡与振兴

1923 年，北洋政府经过华盛顿会议上的据理力争之后，收回胶济铁路路权。然而，因为局势混乱，胶济铁路在动荡中面临着各种困难，诸如国民筹款赎路失败、西延工程流产等。路权回归之后，胶济铁路形成了富有特色的文化。胶济铁路中学、少海书画社、"铁展会"等都是依托铁路的教育机构或文化活动。著名画家郝保真、作家老舍、学者王献唐都与胶济铁路结下了不解情缘。随着近代民族觉醒的思潮，工人、商民逐渐登上历史舞台，无论是依托胶济进行的经营，还是铁路工人和洋行工人的罢工，抑或是商民罢市抗税、煤商罢运抵制加价等，都展现出工人阶级和商民社会的力量。

　　全面抗战爆发后，胶济铁路为延续铁路工业命脉，开始了机车、车辆和人员的南迁之旅。大批滞留在平津的民众为避免战火，纷纷取道天津，乘船至烟台或青岛后沿胶济铁路到济南，再转津浦铁路南下逃亡。胶济铁路成为生命线。1938 年，随着济南、青岛的沦陷，胶济铁路再次全部陷入日军之手。

（一）胶济铁路的动乱与命运

1923 年，觉醒的国人经过不屈不挠的抗争，终于收回了胶济铁路路权。然而，因为局势混乱，各派政治力量风起云涌，胶济铁路在动荡中出现了各种困难，国民筹款赎回胶济铁路的民办计划始终未能成功，胶济铁路管理局组织铁路大修，段长被土匪绑架撕票，西延工程流产……沈奏廷教授考察胶济线提出的整理路务建议，也因动荡的局势而未能实现。全面抗战爆发后，随着济南、青岛的沦陷，胶济铁路全部陷入敌手。

1. 不可能完成的"胶济赎路"

1923 年 1 月 1 日，经过巴黎和会和华盛顿会议的外交努力，经历了"誓死力争，还我青岛"的五四运动，胶济铁路路权终于在国人不屈不挠抗争下回归中国。

收回路权固然令国人振奋，但中国需要支付日本四千万日元赎回。国民希望把胶济铁路从日本人手里赎回来，但一旦到了要把真金白银从自己的口袋里掏出来的时候……

华盛顿会议交涉之初，中国民众就洞察到胶济铁路无条件收回已属无望，在声援华会代表尽力抗争的同时，便已开始探讨如何筹集巨额款项的问题。1922 年 1 月 17 日，全国商会联

贖回膠濟鐵路
需款三千萬
葛光廷在京談：正由鐵部
與膠濟路局通盤籌劃中

【本報南京特約通信】關
於收買博山輕便鐵路，建
築博山支線，及洮聊鐵路
各問題，葛光廷日昨振京
後，曾與鐵長張嘉璈常會
協商，記者特於七日晨訪氏於
旅次，茲誌其談話如次。

××買博×××

……膠濟路收
×買博山鐵路的價值

張博淄博兩支線正籌欵興建中
濟聊路測量完竣本月中可興工

第二段開始興工。材料方
面，並可利用一部濟聊路
料，預計通行較甚順利。
……兩線完成後，登東謀西
運需，必能愈盛發達。

×××聊濟××
築路
濟路

×××聊路本月中
……至聊城鐵路測竣已完
竣，測竣完竣本月中
……局在籌劃之中。膠聊鐵路
回，鐵部及膠濟路本少
……身旬可以興工，全長二百餘
里，初步預算為六百餘
萬數目尚須籌劃。（七日晨）

……元，即將在濟南成立工程
處，原定膠股份為官股百分
之七十，商股百分之三十
，現擬先接收商股，其餘
則由膠濟路及山東省政府
平均負擔。

……至膠濟路營業，近數
年來頗稱盈旺，華省每有增
加。前年法幣本幣為一千
三百萬至一千五百萬，本
年頂料可增至一千六百萬
……現在鐵價醫期減月，但
客運貨運，仍極旺盛，前
途發展，未可限量。膠濟
路所欠日債，共為三千萬
，每年利息平均為二百餘
萬。民國二十七年債務合
同滿期，屆時的可悟還
……同滿期贖回路，鐵部及膠濟路本少
……身旬可以興工，全長二百餘
里，初步預算為六百餘
萬數目尚須籌劃。

1936 年 9 月 9 日《世界日报》

合会联合京师总商会、京师农会、北京教育会、全国报界联合会、
全国学生联合会共同成立了"救国赎路基金会"，并发布宣言，
呼吁"于六个月内集得三千万巨款"。1 月 14 日和 2 月 1 日，
交通部两次通电全国，提出拟将该路归为民业，由人民筹款赎
回自办，并号召人民筹款赎路。2 月 23 日，"北京学界赎路

集金会"成立，各地或认筹路股，或会议办法，或采取游行、演讲、游艺会等形式进行宣传，或联络海外的华人华侨以"共策进行"，还组织众多劝募机关，声势浩大。报刊也积极参与，连篇报道。1922 年 6 月 19 日，为统一组织各地筹款，督办鲁案善后事宜公署成立了胶济铁路股份有限公司筹备处，公布了招股简章，积极向各界劝募。但招股工作截至 1923 年 12 月期限将至之时，自由储金和扣薪储金共计只有二十余万元。筹备处只能将原定 1923 年底的截止期限延长一年。但直到 1928 年，仍然没有收集到足够的存款成立公司，筹备处只能将存款一一发还。

国民筹款赎回胶济铁路的民办计划最终失败，筹款赎路的一切问题都要胶济铁路当局"自己扛"，偿还赎路日债一直是压在胶济铁路头顶上的一块大石头。最初两年的利息均顺利支付，但 1925 年受江浙战事影响，诸多机车被征调，收益下滑，利息未能集齐，直到次年 3 月才全部付清。1926 年，被征调的机车虽被返还，但影响还是不小。胶济铁路当局没有余力支付利息，到年底时已欠息一百八十万，只能与日本总领事磋商暂缓还息，但要支付年息九厘的延期复息。由于时局不稳，铁路营业并不稳定，1927 年和 1928 年连利息都难付清。1929 年，胶济路局对路务进行整理，取得了不错的成效，偿清了以往的欠息，自此之后每年的利息都能按时支付，但距离还清巨额本金仍然是遥遥无期。

转眼到了 1936 年底，距离偿还日债的十五年期限仅剩一年，胶济铁路从每年盈余中按月提拨偿还国库券的基金余额还不足一千万元。胶济铁路举步维艰，力图振兴的步伐随着1937 年 7 月日军的全面侵华停滞。

（陈宇舟）

2. 胶济铁路全线大修

1923 年胶济铁路路权回归后，胶济铁路管理局开始着手整理路务。但谁料刚刚过去一个半月，随着潍县云河铁路桥的一声巨响，胶济铁路全线中断。

2 月 15 日夜，本该晚上才从青岛开出的 37 次货运列车提前编组发车。司机、司炉急着回家过年，一路"抢点"行车，沿线车站人员都想提前下班，非但没有控制压点，反而一路放行。行至高密，站长竟然慷慨应允与另一台美制机车连挂运行。凌晨行至潍县云河铁路桥，致使大桥第三、第四孔钢梁因重压断裂。两台机车及六辆货车坠于桥下，一名司机死亡，五名司乘人员受伤。后调查原因，司机超速、机车连挂、车站违规放行、钢桥负载等级严重不足且年久失修难以负荷，是这起事故的主要原因。

随后的一年，无论哪个岗位上的铁路职员都不敢懈怠，但更严重的事故再次发生。1924 年 1 月 18 日晨 5 时 30 分，时届年终，从济南开往青岛的第 2 次旅客列车行至周村附近，一旅客携带的未封口大瓶油漆被挤倒流淌，另有旅客觉得脚下发黏，擦着火柴细看，误将火柴遗落漆上，起火蔓延。因为无法联络，随车警员和守车的列车长都无法通知司机停车。司机浑然不知，依旧疾驰，风助火力，火势越来越大。其间旅客纷纷打开门窗跳车，门开之后，风从门入，火借风威，蔓延迅速，火势不断扩大。幸而此次列车上的机车视察员指挥摘车，保全了其他车辆。最终烧毁三等客车两辆、小三等及守车各一辆、钢轨数段。旅客当场烧死五人，跳车跌死两人，重伤致死三人，重伤二十七人，轻伤九人。事后管理局吸取教训，在各列车头车尾均设置了联络拉铃，必要时列车长可以随时命令停车。

接二连三发生的事故，暴露出胶济铁路线路设备老化失修，接收后管理能力欠缺和专业人才不足等诸多问题。桥梁加固、线路修整成为中国接收胶济铁路后急需解决的问题。

此前，北洋政府交通部为了 1923 年 1 月胶济铁路路权的按期交接和此后的顺利过渡，从粤汉、川汉、津浦、京奉、京汉等路调来大批铁路专业人才，其中不乏留学欧美的精英才俊，难道中国人真的就管理不好一条胶济铁路吗？痛定思痛之后，胶济铁路大修开始了。

胶济铁路管理局派出技术人员在沿线进行了详细考察勘测，发现一千八百多座铁路桥梁大多隐患重重，不堪重负。其中有德国初建时的设计问题，更有日本侵占后疏于维护、超负荷使用的原因。经过多次论证，胶济铁路大修报告最终于 1923 年秋形成，呈送交通部批准。

随后的几年，胶济铁路管理局在全线组织大修改造。为了杜绝潍县云河大桥事故的再次发生，按古柏氏 E-50 级标准设计新桥，从国外购买新梁，将全路干线桥梁逐年分批更换。所

1925—1926 年胶济铁路大修中

有新建桥梁，皆由工务处依照部颁钢桥规范设计，跨度在十米以下的用工字梁或钢筋混凝土桥，跨度在十米至三十米的用钣梁桥，三十米以上的用花梁桥，遇有适当地点则改建钢筋混凝土桥或增筑桥墩将跨度改小。针对钢轨磨损严重的情况，干线全部更换为部定标准四十三公斤C型钢轨，并换成木枕。此外，改造沿线站场，增设延长轨道，修筑专用线，增筑上煤台，增建调车场、站舍、地下通道，增购机车车辆，更新电务设备，增建四方机厂厂房和机器设备……经过十多年的逐步修整，胶济铁路技术装备和运输效率得到很大提升。

（陈宇舟）

3. 胶济铁路段长被撕票案

1924 年 1 月 18 日，"砰砰砰"，一阵急促的枪声划破济南老城的夜空。一伙儿土匪和政府巡防队激烈交火。结果，巡防队落荒而逃。

第二天，这场枪战的受害者死在老城以西，他就是胶济铁路高级职员葛燮生。

葛燮生，时年三十四岁，浙江杭县人。1906 年由上海南洋公学附属小学升入中学。1908 年赴美国留学，后毕业于麻省理工学院机械科。归国后，葛燮生任汉阳铁厂机械工程师，奔走宣劳，声誉卓著。1923 年，北洋政府从日本手中接收胶济铁路后，为了把这条铁路搞好，积极网罗人才。有着海外名校背景的葛燮生自然是不可多得的专业人才。他被任命为民国胶济铁路管理局第四分段——也就是张店分段——机务段长。

葛燮生上任后，擘画经营，瘁心尽力，寝无定所，食仅干粮，对工作非常投入。1923 年 12 月 3 日，葛燮生在张店突遭绑架。几天后，土匪开出了价码，赎金八万元，并附有葛燮生请求尽快筹款的信。

葛燮生被绑架后，上海美国麻省理工学院校友会屡次致电交通部和胶济铁路管理局，要求设法营救。当时交通总长吴毓麟高度重视，交通部的官员也非常重视。这与葛燮生的人脉有关。因为葛燮生人缘好，善交际，在交通部和胶济路局朋友极多，部里的路政司司长与他是把兄弟。

当时山东督军郑士琦决定武力调停，先包围土匪，再商量赎票。但葛嶐生家属及诸好友商议之后，担心调动军队会激怒土匪，稍有摩擦会导致撕票。因此，由葛嶐生之弟葛哲生出面，向郑士琦及胶济铁路当局表示，先由家属与土匪交涉，万不得已，再请军队以武力营救。葛哲生通过中间人与土匪说票，解释说路局不同意用公款赎票，认为此例一开，以后土匪绑架铁路员工将会变本加厉。中间人还强调说，葛嶐生的家中并不宽裕，八万元实在难以筹措，请求降低一些。最后，土匪同意以五万元赎票。

郑士琦为配合葛家赎票，采取敲山震虎、杀鸡吓猴的办法，在高密附近铁路沿线组织了一次大规模剿匪。此举果然有用。土匪急于携款潜逃，竟主动将赎金降为 1.5 万元，定于 1924 年 1 月 18 日交款，并随即放人。

葛氏家属向路局借了 1.5 万元，言明以后逐月扣还。葛哲生遂根据中间人转达的要求，于 18 日夜间，独自一人携款到济南城东门外耿家林交付。钱款交付后，第二天葛嶐生并未回来，第三天也不见音信。紧接着便传来他被杀的噩耗，说尸体在济南西门外大槐树庄的大路旁。

葛嶐生被杀后，各方震惊。最初，关于葛嶐生被撕票的原因，胶济铁路局认为是赎金未按期交给土匪。但葛嶐生家属一再申明，已与土匪交涉清楚，并且赎金确实在 18 日晚上如数交给土匪。后来事情才真相大白。

原来，1 月 18 日晚，葛哲生离去后，取款土匪也急忙返回，不料刚走不远，便遇见巡逻的官军马队。士兵见此人身背包袱，寒夜独行，起了疑心，便喝令他站住，仔细盘问，又见他神色惊慌，于是下马搜查。土匪见几支枪对准自己，只得垂手而立，听任搜查，暗中却做好应对准备。当一名士兵从他的棉袍下搜出一把盒子枪时，他乘士兵惊愕之机，一拳打翻那士兵，拔腿狂奔。马队便随后追击，开枪。令士兵没想到的是，这一开枪引起枪声一片，不过不是自己人打的，而是绑匪的同伙儿。原来，绑匪在附近早有埋伏，准备接应，没想到半路遇上了官兵。官兵一放枪，无异于提醒他们开打。士兵们一时蒙了，没想到还有埋伏，更不清楚对方有多少人，唯一能感觉到的就是火力很猛，心知不敌，只得掉头而逃。

在绑匪看来，家属肯定通知了政府。而且，先痛痛快快答应再寻找时机消灭，是政府的一贯做法。绑架土匪们自然不会认为夜晚遭遇纯属巧合。他们认定，这是家属和政府联合"下套儿"，于是一怒之下将葛燮生枪杀，移尸大槐树庄路边。

葛燮生就这样被撕票了。不过，让他在天之灵稍感欣慰的是，杀害他的绑匪也得到了应有的惩罚。同年3月12日，郑瑞亭、高瑞图、高良臣三人被山东省督理署军法处枪决。

（于建勇）

4. 中国誓争胶济路权

日本在第一次世界大战期间占领胶济铁路全线，企图长期对山东进行军事占领和经济掠夺，中日之间由此展开了对山东主权和胶济路权长达八年的交涉和争夺。

1919 年 1 月 18 日，巴黎和会正式召开，对和会寄予厚望的中国政府派出了由外交总长陆征祥为团长的五人代表团。大会开幕之后，五个大国在如何分配德国殖民地问题上发生了激烈争执。

　　中国代表顾维钧拜会美国总统威尔逊时，威尔逊称日本表示可与中国直接交涉将租借地交还中国，而铁路则要据为己有。对租地与铁路两个问题，顾维钧称："以租地与铁路比较，铁路尤为重要，因该数铁路皆于地理上占极要之形势，若铁路归日本人掌握，不啻以日本人之手扼中国之喉。"历经数月的讨价还价，中国的利益一点点被吞噬。日本以退出和会为要挟，美国认为"究不能为中国问题，再使日本步意之后"，导致巴黎和会对日本做出了妥协。

　　1919 年 4 月 30 日，山东问题完全按照日方的意见做出裁决。巴黎和会上中国外交失败的消息传至国内，引发了轰轰烈烈的"五四运动"。5 月 4 日午后，三千余名学生聚集北京天安门，进行游行示威，高呼"还我青岛""惩办卖国贼"等口号，并向英、美、法等领事馆表达不满，对日本强占青岛宣泄心中愤恨，请求诸国维持公理。这场举世瞩目的爱国运动，让中国各阶层广泛行动起来，形成了学生罢课、工人罢工、商人罢市、全民抵制日货、社会上层奔走呼吁的宏大阵势，不仅使当时的中国政府认识到了人民的力量，也让日、美等国家对中国民众的力量刮目相看。如此强大的舆论压力之下，中国代表最终没有出席巴黎和会签字仪式，包括胶济铁路在内的山东问题成为悬案。

1921 年底召开的华盛顿会议上，经过艰苦谈判，日本与中国签署了《解决山东悬案条约》，确定于 1923 年 1 月 1 日，日本将胶济铁路及其支线的一切附属财产移交给中国，中国偿还日本政府铁路财产价值四千万日元，以国库券照票面支付，年息六厘，以胶济铁路财产及进款为担保；并规定赎路款全部结清前，胶济铁路管理局车务长、会计长必须由日本人担任。

中国首次通过外交谈判形式收回路权，这是中国近代史上具有里程碑意义的一次外交成果。中国虽收回胶济铁路主权，但日本握有胶济铁路债券及车务长和会计长两个关键职位，依然在很大程度上操纵胶济铁路，对山东的政治、经济也依然影响巨大。

（陈宇舟）

5. 胶济铁路饭店五三惨案惊魂夜

20 世纪二三十年代，胶济铁路饭店坐落于胶济铁路济南火车站主楼西部，为旅社兼营西餐，"器具陈设，富丽堂皇；水汀浴室，各备其长；中西大菜，选择精良；侍役招待，勤慎周详"，往来军政要人多寓于此。

1928 年 5 月 10 日夜，胶济铁路饭店里死一样地沉寂，没有水，没有电灯，连蜡烛也没有。哈雷特·阿班躺在床上辗转反侧，却始终难以入睡，突然觉得胃里一阵剧烈翻腾，忙摸到黑乎乎的窗口，探出身去一阵呕吐。吐完了，他爬回床上，沉沉睡去。

哈雷特·阿班是美国《纽约时报》驻华记者，为获取日本出兵山东真相，辗转大连、青岛，乘坐胶济铁路列车来到济南。

阿班这一路走来，可以说是险象环生，火车一次次遭受袭击，只好反复停车，车上的日军向伏击的中国军队开炮。每当停车修理轨道、桥梁，便会有乱枪射来，于是日本兵就冲出车厢，搜索周边的沟壑山坡。一直到次日上午，火车都在蜗行。放眼望去，城镇和村庄都被摧毁了，农田里空无一人，时不时会见到成堆的尸体，有些着军服，有些着便衣。临近济南，漫山遍野全是逃难的人，一行行一列列，大包小包，气喘吁吁地逃离济南。10日中午，列车停在了胶济铁路济南火车站。美国人的出现让车站的日军感到莫名其妙，随即把阿班扣留在胶济铁路饭店楼上。关押了几个小时后，阿班经交涉拿到了一张

1928年，悬挂着侵华日军师团司令部条幅的胶济铁路饭店入口

可以自由活动的军人通行证,但天黑前必须回到胶济铁路饭店。这时阿班才得知,胶济铁路济南站连同车站饭店,几天前已经被日军征用为山东派遣师团车站司令部。集结的日军在站前广场耀武扬威地进行阅兵,与蒋介石的北伐军对峙。随后的几天,阿班就这样白天出去采访,晚上赶回胶济铁路饭店。

阿班在四十万人口的济南街头,没见到一个中国人,只有日军的巡逻队来来去去。人行道上,建筑物门口,甚至大路中间,到处横陈着中国人的尸体,大多肿胀变色,男女老少都有。房屋大多被毁坏,余烬还在冒烟,断壁残垣,孤门破窗。商店几乎皆被劫掠一空。阿班感叹:"那个酷热的5月下午,济南让我见识了集体大屠杀,那些画面是全新和震撼人心的。人类肉体被弹片撕碎,死者长时间得不到掩埋,尸体被弃诸尘土或烂泥沟。更有成群的老鼠趁夜出没,把儿童的尸体咬得血肉模糊。"

八天后的最后一晚,阿班在胶济铁路饭店的房间里着手记录下"济南事件"的所见所闻,稿件杀青时已过午夜。次日早6点,阿班乘坐一列特别列车,沿胶济铁路返回青岛,一路上不停地修改着稿件。当日晚9点过后,抵达青岛的阿班第一时间奔往电报局发稿,酝酿成稿于胶济铁路饭店的"济南惨案"第一篇中立报道,由此传向世界。

(陈宇舟)

6. "丈八佛" 乘上火车专列

青岛市博物馆内伫立着两尊北魏石佛造像，它们头顶高髻，面含微笑，赤足立于莲花座上，身高一丈八尺（约六米），俗称"丈八佛"，是魏晋南北朝时期佛教造像艺术的杰出之作，距今已有一千五百多年的历史。这两尊"丈八佛"原在淄博市临淄区龙池村西北的龙泉寺内，1930 年"乘坐"火车专列从淄河店火车站出发，来到青岛，几经辗转，成为青岛市博物馆的镇馆之宝。

淄河店火车站原为胶济铁路的一个四等小站，距离青岛火车站二百五十五公里，始建于 1903 年，因靠近淄博市临淄区淄河店村而得名，与龙池村相距不远。

1928 年 7 月 15 日，安静的淄河店火车站突然人声鼎沸，近百名临淄老百姓将用草绳缠裹的四尊石佛、一方石碑、一个碑帽围在中间，大声喊着："这是中国的文物，这是中国的石佛，不许运到日本！"

这四尊石佛的其中两尊就是"丈八佛"，另外两尊是小石佛。它们被一个叫于桂林的中国人卖给了日本人。日本人意图通过火车将它们运到青岛，再由青岛港装船运至日本。

于桂林是晚清秀才，时任龙池村小学校长，没事时喜欢到处游走，对龙池村周边的文物古迹非常熟悉。龙泉寺是临淄著名的古寺院之一，殿宇轩昂，石佛屹立。于桂林时常进入寺院，对寺内供奉的古佛、陈列的古碑如数家珍。

有一天，于桂林在寺内抬头仰望神态宁静、身姿飘逸的"丈八佛"时，突然心生一计——听说日本人垂涎这些古佛、古碑已久，何不将它们卖给日本人？其时日本人在山东盘桓已久，青岛、坊子、青州、张店、周村、济南……到处都有日本人开设的商号。他们贩卖商品的同时，通过买、骗、盗等不法手段将许多中国的国宝劫取到了日本。

想到这，于桂林扭头走出寺院，来到龙池村村长周鸿儒的家中，将心中的念头和盘托出。周鸿儒立刻点头答应，他听说益都由日本人经营的铃木洋行觊觎古佛已久，早有将古佛卖给他们的想法。周鸿儒找到与自己有来往的日本人，联系上铃木洋行，以三千银圆的价格将两尊"丈八佛"、两尊小石佛、一方石碑、一个碑帽卖给他们。

铃木洋行知道此事必遭中国人反对，一刻也不停留，马上从外地售用劳工，将"丈八佛"等从龙泉寺运到了淄河店火车站。

临淄当地百姓听闻日本人要运走石佛后，急忙赶往火车站，阻止装车，并大声抗议。老百姓抗议日本人劫取石佛、石碑的消息快速传开。其时，距离日本帝国主义制造震惊中外的五三惨案仅仅两个月，中国人民的反抗斗争风起云涌。临淄各界人士立即奋起，加入抗议劫取石佛的队伍。当地政府和社会各团体也纷纷声讨。县政当局为防事态扩大，急电请省府派人协助维持治安，并通过济南治安维持会，向日本驻济南领事馆提出交涉。

面对愤怒的人群，于桂林和铃木洋行的日本人惊慌失措，知道将"丈八佛"等装上火车非常困难。见势不妙，于桂林远走他乡逃匿。铃木洋行迫于形势，未敢将文物盗走，但是他们贼心不死，趁人不备，将两尊小石佛的佛头盗走。小石佛的佛身和两尊"丈八佛"、石碑、碑帽暂时放置在了淄河店火车站内。

1929年5月，日军撤出胶济铁路，南京国民政府接管胶济铁路管理局，改称胶济铁路管理委员会。日军撤离时，再次妄图将"丈八佛"等带走。时任胶济铁路委员会委员崔士杰出面干涉，上下协力，粉碎了日军的企图，将"丈八佛"等保留了下来。

1930年，时任胶济铁路四方机厂厂长栾宝德听说了这件事，想到"丈八佛"存放在淄河店火车站内无人管理，不是长久之计，于是决定将"丈八佛"运到青岛，进行存放。栾宝德安排司机和铁路职员驾驶火车专列来到淄河店火车站，开启了抢救、保护"丈八佛"等的行动。专列驶进淄河店火车站后，铁路职员在草丛中找到"丈八佛"，看到"丈八佛"因为风吹日晒雨淋雪打，有了些微破损，心疼不已，立刻准备将"丈八佛"装上火车。

可是，当时的设备简陋，将身形高大、重三十余吨的"丈八佛"运上火车非常困难。铁路职员与临淄老百姓一起想办法，最终采取铺上圆木搬运和滑轮吊装等方法，把"丈八佛"装上火车，小石佛、石碑、碑帽也顺利上车。

从淄河店火车站到青岛火车站，需要经过大大小小数十座铁路桥，稍有不慎，桥梁便有被压塌的危险。铁路职员在桥下使用道木将桥梁顶起来，增加桥梁的承重量，又在桥上用滑轮吊运，减轻桥梁负担，历时半个月，终于将"丈八佛"等运至青岛四方机厂，存放于四方公园内。

"丈八佛"安置好后，栾宝德安排四方机厂的工人用水泥给小石佛配上佛头，修复了"丈八佛"缺损的地方，裂了缝的莲花座也给打上了铁扒锔。

"丈八佛"在四方公园内供人们观赏，一存就是四十余年。沧桑岁月中，又经历了几次"迁徙"，最后来到青岛市博物馆，成为镇馆之宝。

（郝炜华）

（二）觉醒的铁路和国人

随着近代民族觉醒的思潮，工人、商民逐渐登上历史舞台。丁子明承包的胶济铁路饭店成为济南著名的"高等旅馆"；胶济铁路大罢工，洋行工人大罢工，商民罢市抗税，煤商罢运抵制加价，展现出工人阶级和商民的力量。七七事变爆发后，胶济铁路为延续铁路工业命脉，开始了机车、车辆和人员的南迁之旅。大批滞留在平津的民众为避战火，纷纷取道天津，乘船至烟台或青岛后沿胶济铁路到济南，再转津浦铁路南下逃亡。胶济铁路成为生命线。

1. 丁子明与胶济铁路饭店

1924 年 8 月 27 日，《大青岛报》刊登了一则《胶济铁路饭店饭车启事》："胶济铁路饭店已于 8 月 1 日由鄙人接办，日管时代饭食价值既昂且其割烹方法不同，而酸咸滋味迥别，所以旅客常有食无下箸之叹也。鄙人接办以来，特请京沪超等厨师，烹调适口，饭店房间清洁，陈设齐备。车内饭堂宽阔，伺侍周到。三等小卖物美价廉，西餐洋酒一切价目均悬有详表，一目了然，务望中外绅商驾临赐顾。"

发布这则启事的是青岛驻霞仙馆饭店经理丁子明。1924 年 2 月 15 日，丁子明在胶济铁路管理局组织的"胶济铁路饭店连同青岛济南间客车饭车经营权"招标中，以七百元的次高额中标。8 月 1 日，饭店正式对外营业，由此把生意从东端青岛沿胶济铁路拓展到西端济南。

启事中提到"日管时代饭食"，是指 1914 年日本侵占胶济铁路后，接续完成胶济铁路济南新站房，在车站二楼开设"铁道旅馆"用于接待日本军政商人和过往旅客。1923 年 1 月 1 日，中国政府将胶济铁路收归国有，胶济铁路饭店一并收回，参照济南津浦铁路饭店的经营模式勉强维持了一年，未见起色，才发布了饭店饭车同步招标的公告。

启事中还提到"一切价目均悬有详表"，此言确实不虚。在所附的表格中，丁子明详列了饭店饭车每日三餐及部分酒品的价格：早餐每位七角五分，午餐每位一元二角五分，晚餐每位一元五角；青岛啤酒每瓶四角五分，五星啤酒每瓶四角，大碗香每瓶一元二角，红玫瑰每瓶一元四角，狮牌汽水每瓶二角，双狮汽水每瓶一角五分，碱汽水每瓶二角。

此后的六年多，丁子明往来于青岛、济南之间，同时经营着驻霞仙馆和胶济铁路饭店和饭车，在饭食种类和服务标准上精益求精，经营收益日渐丰厚。1927 年 7 月出版的《济南快览》中将胶济铁路饭店列为济南的"高等旅馆"，认为这一饭店有三个优点，一是"以旅社而兼餐馆"，吃住一体；二是装饰很好，"建筑壮丽""组织完备"，住宿提供不同价位的选择，"每日自六元至二元不等"；三是为旅客提供了极大方便，可以代办旅客宴请朋友的事情，还自备汽车接送旅客。《济南快览》也指出了问题，主要是"房间太少，不能容纳多数旅客"。饭店对于胶济铁路的职员，有半价优待。

1930 年，改制后的胶济铁路管理委员会做出了"饭车饭店改归本路自办"的决定。当年底，终止了与丁子明的合同。

1931 年 1 月 1 日，胶济铁路饭店改由胶济铁路自主经营，延续着丁子明经营时期的住宿和餐饮业务，推出了朗朗上口的饭店广告："器具陈设，富丽堂皇；水汀浴室，各备其长；中西大菜，选择精良；侍役招待，勤慎周详。"

（陈宇舟）

2."南北之争"与胶济铁路大罢工

胶济铁路接收之后，"南北之争"暗潮涌动。以江浙人为主的南方派（隶属交通系）长期把持路政；以山东人为主的北方派（地方实力派）一直颇为不满，最终引发全线大罢工。其导火索就是 1925 年一位局长的履新。这位局长的名字叫阚铎。

阚铎（1875—1934），字霍初，号无水，安徽合肥人，毕业于日本东亚铁路学校，回国后历任北京政府交通部秘书、监理科科长、统计科佥事等要职。他的上任首先是得到交通总长叶恭绰的举荐。

阚铎和叶恭绰属于共同的派别：交通系。交通系是北洋军阀统治时期，胶济高层的包括以梁士诒为首的"旧交通系"和以曹汝霖为首的"新交通系"等的总称，既是一个金融财团，又是一个政治派系。旧交通系主要来自广东、福建、江浙一带，以广东人梁士诒、叶恭绰为代表，留学英美者居多。新交通系以曹汝霖等人为代表，多起家自外交系统，留学日本者居多，主要是江浙闽籍人。接收胶济铁路后，自1923年首任局长赵德三，至1925年阚铎，中间的几位局长——刘望、邵恒浚、朱庭祺——都是交通系的人。

阚铎接到任命通知后，喜忧参半：喜的是，能够主政一方；忧的是，未免踏入"雷区"，前三任都没站稳，自己能站稳吗？

赴任之前，阚铎带着六名安徽随从，到济南拜会老乡——山东军务督办郑士琦、省长龚积柄。郑士琦是安徽肥东人，龚积柄是安徽合肥人。

1925年1月5日下午两点，阚铎抵达胶济铁路管理局正式就职。阚铎到任后，与副局长朱庭祺勾结，大肆裁减路局中的山东籍高级职员，引起山东地方实力派的不满。为反对交通部的裁减政策，由胶济路被调职的机务处处长孙继鼎等人沿路游说，号召"驱朱赶阚"，组织罢工配合罢运。2月8日罢运开始的当天，他们发起了胶济铁路全线大罢工。

2月8日，罢工从当时的路局所在地青岛开始。在此之前已建立一年多的张店铁路工会，与青岛党组织和四方机厂的"圣诞会"有着密切的联系。青岛罢工开始后，立即通知了张店铁路工会。工会负责人在党支部的领导下，迅速召开了党员和工会积极分子会议，决定立即响应，参加罢工，并提出"承认工会，增加工资"的要求。同时通知了张博支线各站段，共同参加罢工。为维护罢工秩序，在工会的领导下，成立了两支以党员为骨干的工人纠察队，由党员谭玉玺、侯兆泰、王明智等人带领，封锁了张店车站的东西入口。车站全体职工用枕木、钢轨等封锁了铁路线。司机熄灭了炉火，张博支线各站的职工也全部停止了工作。未开出的客、货车一律不再开动，已开出的开到哪里就停在哪里，使胶济路及张博支线全部陷于瘫痪状态。

经三天持续斗争，交通部被迫免去阚铎、朱庭祺正、副局长职务，答应了工人提出的斗争条件。罢工于2月11日胜利告终，张店铁路工会在斗争中也取得了合法地位。3月8日，胶济铁路总工会成立，张店铁路工会成为该会第四分会。

3. 铃木洋行的工人罢工

初春，张店岭子村老刘家的蚕宝宝马上就要吐丝作茧了。蚕房里传出沙沙的声响，春蚕啃噬桑叶的速度喜人。老刘伏身在蚕床上，看着自己养的蚕，脸上露出了笑容。春天来了，山岭上的花开了，山下的桑树长得很好，如果不暴发虫害，有充足的桑叶，再养两季蚕，一年的收成就有指望了。老刘早就在村子里看到了布告，这一年张店铃木洋行将高价收购蚕茧，看来，蚕农的好日子就要来临。

胶济铁路沿线周村、张店、潍县等地多产优质蚕茧，所产生丝及丝绸亦闻名于世。

待春蚕终于结茧，蚕农们聚在街头相聚："这个日本人开的铃木洋行咋还不进村收茧呀？"蚕茧已经结了几天了，今年的茧又大又白，丝线明亮、粗壮，几年都不见这么好的蚕茧了，洋行该高价收购这些茧！

岭子村的人开始商量派个人去张店打听一下，如果日本洋行不收茧子了，也好早想办法。村里的蚕农觉得老刘去张店比较合适，他办事稳妥，人也厚道，而且家里养了一匹马，骑着马去张店也快些。老刘爽快地答应了，就是乡亲们不委托他去一趟，他也会到张店打听一下行情。村子家家户户养蚕，一年的收成全指望着这些蚕了。

去张店十六里，过了火车站，往东，再往北一点，就是铃木洋行。老刘从马上跳下来，将马牵在手里，向洋行里面张望，只见洋行的人正在往车下搬机器。老刘认得那就是缫丝车，心想，难怪人家今年要高价收购鲜茧，看看这一台台缫丝车，足有三百台了，这得生产多少生丝啊！老刘心里高兴，将马拴在马桩上，怯生生地走进洋行。伙计正在算账，算盘打得噼里啪啦，头也不抬。老刘搓着手，问："洋行啥时候收茧呀？你们忙，不行，我们自己把茧子送过来？再晚几天，怕是茧子要出蛾了，那可不瞎了？"老刘堆了一脸笑容。

"不急，出蛾子还早吧？不还得有十几天？"伙计依旧不抬头，手里的算盘打得噼里啪啦，"回去等着吧，这几天洋行来了一大批机器，忙不过来，过几天再说。"伙计终于抬起了头，向老刘挥了挥手。

老刘出了洋行，觉得伙计说得对，人家是在忙着装机器呀。那就再等几天。

又过了四五天，依然不见收茧的商人，老刘他们开始急了，再不收茧，就真出蛾子了。老刘套了马车，将家里的茧子都装上车，牵着马，一早就赶往张店城。到了铃木洋行，还没开门。老刘蹲在马车旁看天，天上的柳絮在晨风里飘着，早晨的太阳升起来。

洋行终于开门了，看过老刘的茧子，伙计说："今年的茧子呀，行情不好，只能出一半的价了。"

老刘一听，泪都快流下来。但是茧子再不卖，出了蛾，一分钱也不值了呀。他哪里知道，这正是铃木洋行要达到垄断目的的手段：在鲜茧待产出之际，大做广告，提高价格，使得中国收购商纷纷倾囊收购；进入真正收购阶段，便以种种借口压价，或者拒绝收购。蚕农茧贩们被这一通操作搞得不明所以，收购时间一拖再拖，直到蚕茧就要出蛾了，日商才放开手以极低的价格收茧。这样一来，蚕农茧贩几乎被拖得血本无归，日商也达到了垄断周边蚕茧收购、成为独家经营的目的。

1926年，张店铃木洋行改名为青岛铃木丝厂张店分厂。《张店铃木丝厂纪实》评价道："19世纪末20世纪初，世界资本主义对中国的经济侵略已从以商品输出为主转到以资本输出为主。它们在中国划分势力范围，开矿山，办工厂，收购农副产品，大肆掠夺中国人民的财富。日本侵略者开办的张店铃木丝厂就是一个典型的资本主义垄断企业。它所掠夺的每一块银币都浸透着中国人民的血汗。"

受全省各地罢工风潮的影响，特别是在胶济铁路工人大罢工取得胜利的鼓舞下，张店铃木丝厂工人改变了斗争方式。在张正贵（张店杜科人）等人的组织领导下，全厂工人首次举行了大罢工，提出"反对打骂工人"，要求提高工资，改善劳动条件，并声明如不答应条件就宣布停产。资本家蛮横地拒绝了工人们的要求。愤怒的工人们一致行动，停工离厂，使工厂陷入瘫痪状态长达二十余天。但由于缺乏斗争经验和社会各界的支持，此次罢工没有造成足够大的声势，因此没有达到预期目的。工人罢工，虽然给资本家造成了一定的经济损失，但也为资本家大量开除工人提供了口实。它的意义在于，使日商认识到了中国工人大无畏的反抗精神和团结斗争的力量，为今后的斗争提供了宝贵的经验教训。

1945年8月，日本投降，铃木丝厂关闭。1948年张店解放后，在铃木丝厂的废墟上建立了山东新华医疗器械厂。

4. 胶济沿线商民罢市抗税

1923年7月，北洋政府山东省财政厅在胶济铁路沿线划分六个区，设局开征"货物产销新税"。这一新税遭到了商会的抵制。青岛总商会联合济南、周村、博山、益都、潍县、胶县各地商会一致行动，请求取消。但山东省财政厅坚决不同意。

8月4日，青岛总商会在益都召开五个地区十二个城镇商会会议，作出十一条决议，坚决要求当局取消"货物产销新税"，撤销新设税务局。如果在8月19日以前不见批示，则将于8月22日一律罢市，不达目的誓不开业。如罢市后三日内仍未明令撤销，将组织各地商民请愿团进行请愿。如果当局对商会采取强硬手段，那么其他商会将采取统一行动进行援助。

8月6日，青岛总商会又与十二个商会联名致电山东省省长及财政厅厅长，坚决要求取消"货物产销新税"。电文里面说，虽然财政厅厅长已经当面答应暂时不征税，但是没有见到正式公文，新设税局也没有撤销，所以现在商民的情绪都比较激动，市面上也不平静。所以，迫于现在的环境，考虑到前途问题，才再次致电呼吁，并表示不达目的不罢休。

8月14日，山东总商会致信青岛总商会，表示已经和财政厅交涉，对方同意做出让步，希望青岛总商会会长能到济南谈判。青岛总商会表示，无论如何必须先缓办六个月。

到了8月22日，山东省财政厅仍未能做出撤销新税的决定。在这种情况下，周村、潍县、益都、高密等地商民相继罢市。潍县商会还规定，所有的商户必须统一停业，如果个人擅自营业，就是"全体之公敌"；如果休业罢市不能达到撤销新税的目的，他们将向中央和山东省当局请愿，即便因此获罪，也会再接再厉，决不反悔。商民对"货物产销新税"的抗议运动，在胶济铁路全线愈演愈烈。

8月24日，财政厅已经将沿线局长撤回济南，并请各县商会到省面商。29日，山东省财政厅厅长王鸿表示"以民意为主宰"，尽管产销税历经数任筹备，但现在商民不理解并强烈反对，所以已经请省政府"明令取消"。在这种情况下，青岛总商会为安定民心，维护地方秩序，由会长隋石卿等十人联名登报，并散发印刷品，指出财政厅已明令撤销产销新税，所以请各县的商会劝导各县商户立刻恢复营业。

由"货物产销新税"引起的胶济铁路沿线商民罢市，最后以商民获得胜利而告终。

（张凌云）

5. 胶济铁路煤商罢运

1931 年，胶济铁路当局决定将运煤费用增加 20%，这引起了煤商的不满。

10 月 15 日，淄川博山煤商代表赴济南，向国民政府山东实业厅请愿，表示，如果胶济铁路当局不顾煤商的要求，坚持运费加价，全体煤商就会进行罢运，不达目的，誓不罢休。10 月 18 日，煤商代表赴南京向铁道部请愿，呼吁"取消胶路运煤费加价两成"，否则"势将歇业"。随后，上海煤业界接连致电国民党上海特别市党部、上海市政府、上海社会局、上海市抗日救国委员会、上海市商会、上海农工商学各团体等，陈述此次胶济铁路管理局运费涨价甚为不宜，并请求铁道部制止。10 月 29 日，铁道部回电明确拒绝了停止涨价的要求。由此，源于胶济铁路，波及上海，惊动南京的煤商罢运风波进入高度白热化。

事情的起因还要从 1931 年的春天说起。铁道部为改善胶济铁路的经营状况，饬令胶济铁路管理委员会于 5 月 1 日起，将客货运价一律增加两成以资补救。但这一决定引起了胶济铁路沿线煤商的强烈反对，煤商提出不能把胶济铁路自身管理不善的负担都转嫁给沿线煤商，而且一次提价两成，幅度如此之大，前所未见，广大煤商断难接受，也无力经营。向胶济铁路当局和南京铁道部请愿无果后，煤商决定 5 月 21 日开始罢运，沿线煤价应声飞涨，而且罢运风潮迅速波及上海。

5 月 28 日，《益世报》上登文《胶路煤商罢运风潮显有日人从中策动》，文章把矛头指向中日合办的山东鲁大公司。罢运只能导致"双输"，无论日本方面是否真的介入其中。三天后，胶济铁路管理局与煤商暂时达成共识，煤商先行复运，暂按夏季减价办法，减价时间延长为六个月，减价办法和运率商定仍须呈交铁道部核办。谈判后的第二天，煤商开始复运。

1931 年的夏天，在看似风平浪静的状态下安然度过。10 月初，胶济铁路管理局宣布，按照协议，夏季减价期限已到，拟于 11 月 1 日恢复煤炭内销出口运费加价两成的政策。这使胶济铁路管理局与沿线煤商的矛盾再次浮出水面。

双方各执一词，矛盾不断升级。面对煤炭市场日益恶化的局面，实业部致电铁道部称，现在提高运费似乎不合适，能否致电胶济铁路管理局，让他们收回成命，或者先推迟，以免造成不良的影响。面对各方压力，胶济铁路管理局允许煤商内销、外销运费增加的部分不用支付现金，只需记账。煤商最终接受条件，并于 11 月 9 日复运。牵动各方的罢运风潮落下帷幕。这时双方都已经意识到，他们各自真正的对手不是对方，而是不断加大对华倾销的日煤。为降低国煤运输成本，在铁道部授意下，胶济铁路管理局最终没有执行煤价运费加价两成的规定。

（陈宇舟）

6. 胶济铁路西延工程流产

德日占领胶济铁路期间，曾提出修建济顺铁路（济南至顺德），将黄河沿岸的山东、河北、河南平原连在一起，进一步强化对中国的殖民掠夺。中国政府接收胶济铁路八年后，终于将胶济铁路西延计划提上了日程。鲁西南在京杭大运河衰落之后，将迎来新的发展良机。

1931 年，胶济铁路管理委员会提出修筑两条胶济铁路延长线。一条是济南西段，由济南起，借道津浦铁道黄河大桥，经齐河、高唐到达临清为第一段；第一段完成后，再修筑由临清经威县平乡到达顺德的线路。另一条是博山支线，由博山至白谷围，再转向西南莱芜县境内。这两条铁路，一条经过农产品及棉花出产丰富的地区，一条沿线是煤炭埋藏丰富的地区。预计铁路修成后，地方经济会得到进一步的发展，路局效益也会提升。但这项计划后因政局不稳、经费困难被搁置下来。

1935 年，胶济铁路管理局与山东省政府商定暂缓博山支线的修建，先修济南西段，同时将原计划修至临清，更改为取道齐河、茌平而达聊城，全段长一百二十公里。待济聊线完工，再修筑由聊城至临清的支线，以便吸收临清的农产品和商品。然后再修筑聊城至大名龙王庙的线路。最后修筑自大名至彰德支线，以接平汉线。全线修通后，即更名为彰济铁路。

1936 年春，济聊段路基铺设基本完成，胶济铁路管理局也已拟妥后续工程的详细计划。胶济铁路委员长葛光庭亲赴南京向铁道部汇报详情，3 月 19 日返回济南接受记者采访时表示，这次到北京，待了将近三个星期，见到了铁道部张部长，详细报告了胶济路的一切事务。修建济聊路的计划，已经得到部长批准。由聊城至临清另修支路的事情，也得到批准，测量完成之后就开始动工，大约 7 月间就可以开始铺轨。铁道部任命宋若愚担任济聊段的段长。

随后，在铁道部、山东省政府、胶济铁路管理委员会以及沿线商民的通力配合下，酝酿多年的济聊铁路终于进入实施阶段。6 月，济聊铁路驻济南筹备处开始办公，并派员前往工程路段重新勘测路基，酌情予以加宽。7 月，济聊铁路公司组织章程公布。1937 年 7 月，济聊铁路理事会成立。

然而，就在这时候，七七事变爆发了。动荡的局势以及因此导致的原材料涨价，使得济聊铁路不得不停工待款，胶济铁路的西延工程就此流产。

（陈宇舟）

7. 沈奏廷教授考察胶济线

1936 年暑假的一天，在南京开往济南的津浦路客车上，有一位学者模样的年轻人，他就是上海交通大学管理学院副教授沈奏廷。这次应津浦、胶济两路的邀请北上考察。他从上海出发，在南京转津浦线，到济南后再转胶济线，一路实地观察、访谈、记录。

这位沈教授年仅三十二岁，此前担任过京沪沪杭甬铁路上海营业所经理，今年刚任上海交通大学副教授，但凭借对铁路运输领域一贯的务实钻研精神，取得不少成绩，在业界备受瞩目。

沈奏廷 1904 年 11 月 17 日出生于浙江省余杭县，自幼聪明好学。七岁时父亲去世，家境清苦，母亲靠借贷供他上学。1924 年考取上海交通大学铁路管理科。毕业后到上海市社会局任科员，发表《百年来银价的统计与分析》一文，受到上海市工商界的重视。1929 年 12 月，由铁道部派往美国学习，开始在美国宾夕法尼亚大学研究院攻读，并在美国宾夕法尼亚铁路公司实习。不久，他感到研究院的学习内容比较空泛，而且与铁路现场脱节，因此放弃了攻读高层次学位的良机，一心扑在铁路运输现场和财务会计部门，细致入微地观察、摘记、访谈、研讨，收获很大。1932 年 1 月回国，到京沪沪杭甬铁路实习，后任上海营业所经理。不久辞职，任南京国民政府全国经济委员会专员，从事有关交通方面的调研工作。他回国之初，就一直在母校上海交大兼任教职，讲授铁路货运业务、铁路运价、铁路行车等课程，1936年开始专任上海交通大学副教授。

1936年9月，沈奏廷于此次考察后撰写了《参观津浦胶济两路后之感想及意见》。其中提出，铁路管理不应故步自封，应积极学习借鉴世界铁路管理的先进经验，并结合中国铁路实际加以创新应用，以达到事半功倍的效果。随后他逐一列举了十二类问题，包括：整车货场之设计、零担货栈之设计、货运调车场兴正线之联络、整车货物之处理方法、零担货物之处理方法、零担货物之中转、货物列车之编组、沿线各站之死岔、号志设备、到达货物之保管、济南站私有岔道装卸联运货物、浦口站京沪货车供给等。

针对胶济铁路运营中出现的一些问题，沈奏廷指出："非胶路能独解，需在胶济、津浦两路一并予以实地详尽考察调研，方可制定周全有效的解决方案。"

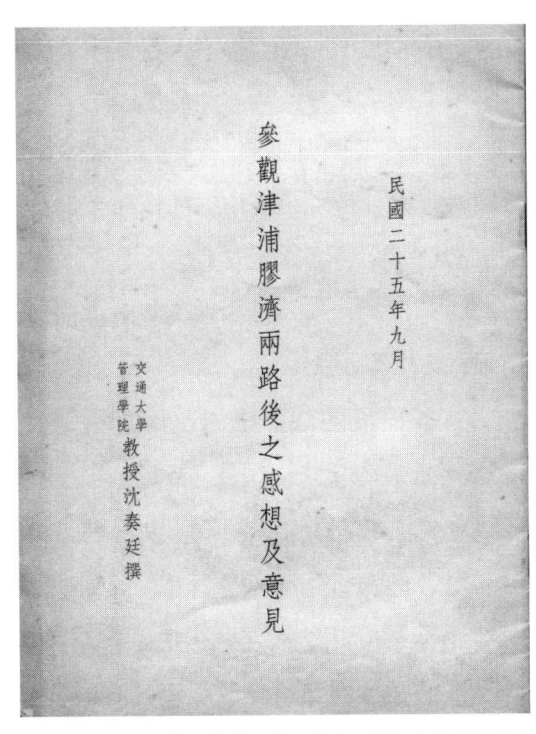

沈奏廷撰写的《参观津浦胶济两路后之感想及意见》封面

（陈宇舟）

8. 四方机厂辗转南迁

1937年,七七事变爆发。为保住工业命脉,南京政府铁道部饬令胶济铁路当局把铁路机车、车辆南迁或西移,同时要求铁路员工"与军队同撤退,勿先军队撤退"。

七七事变前,胶济路尚存机车107辆、客货车1830辆。8月至9月间,调拨机车22辆、客货车20列,过轨津浦路转驶粤汉路。四方机厂按照管理局要求启动南迁工作,副厂长顾楫等人组织一百多名技术工人不分昼夜装车,一共装了三列车。凡是愿意南迁的机厂工人都可以随车走,工厂负责到底。

8月,四方机厂拆卸装车的一部分机器设备被运到张店机务段,一部分被运至济南津浦铁路大槐树机厂,其余均被调拨到陇海、平汉等各路应用。9月中旬,设备中的三分之二由副厂长顾楫带到株洲,另三分之一由工程司张名艺等带到西安、洛阳、江岸等地。

为了积极备战,中国政府加快铁路修筑。1936年初至1937年7月,共修筑铁路2030公里。粤汉、浙赣、陇海、同蒲等重要铁路干线都在同期加速修筑或提前完成。在修筑铁路的同时,加快机车车辆工厂的建设也提上日程。1936年,湖南株洲机车厂开始兴建。当时,湘黔铁路开始兴筑,浙赣、粤汉铁路相继通车,长江以南地区急需一个较具规模的机车车辆厂,地点选在两路交叉的株洲,由程孝刚负责筹建。但到1937年下半年,株洲厂只建起几个厂房的框架结构,员工宿舍还未建起来。10月上旬,顾楫带着六十余名员工护送机器设备到达株洲机厂，立即投入紧张的建厂工作中，先建起了机械场、动力场，后建起了车辆场和员工临时宿舍。不久，工程司朱黻等人拆完机器设备后，带领一百余人来到株洲机厂。但交通重镇株洲随即成为日机轰炸的重要目标。1937年10月8日上午10时，九架日机飞侵株洲上空，分别在董家塅兵工厂、田心机车修理厂投掷炸弹，炸死炸伤四十多人，炸毁厂房一栋。

张名艺带领一百余人和部分机器，到达京汉铁路江岸机厂，另有七十人到了洛阳机厂，还有六十人到了西安车辆工厂。四方机厂就这样在南迁西行中四分五裂，支离破碎。一同迁移的员工和家属，也在百般无奈和万般不舍中背井离乡，踏上漫漫征途。

（陈宇舟）

9. 西迁逃亡的生命通道

1937年七七事变爆发后，北平、天津、上海相继沦陷，津浦铁路始终是中日双方军队争夺的焦点。为了抵抗日军南侵，8月份津浦路济南至德州间线路就被破坏。大批滞留在平津的难民为了避开战火，纷纷取道天津，乘船至烟台或青岛后，沿胶济铁路到济南，再转津浦铁路南下逃亡。此时的胶济铁路已然成为中国民众南逃的唯一"生命通道"。

天津站。一群中国人通过日军的盘查后，找到一家大旅馆住下。没想到日军警备司令部竟设在这里，众人吓得一夜未眠，第二天一早就逃进法租界。他们原计划取道天津后到南京集中，然后再去上海。但打开 8 月 14 日报纸一看，日军昨日进攻上海，上海之路已断。他们在天津苦等了近十天，终于登上一艘开往烟台的英国商船。到烟台时，只见日军潜艇炮口直指市区，中日双方军队正在对峙，战争一触即发。下船后，一行人住进一家位于两军对峙中间地带的旅馆。因太危险，就找熟人弄来两辆汽车，载着众人匆忙离开烟台。到了潍县，正赶上从青岛开往济南的最后一班火车。

这群人就是沈从文和一批清华、北大两校的朋友。

潍县站。一对夫妇搀扶着一位老人，还带着两个不满十岁的孩子，一早就登上了青岛开往济南的第一班火车。火车在胶济线上行驶，不时有日军的飞机从上空呼啸着掠过。每到这时，火车便立刻停下来，拉响警报，男男女女便慌张地跑下车去。日军的飞机飞得很低，几乎可以看到机身上红色的"太阳"图案。下午三点钟，他们终于到达济南。这里挤满了逃难者，所有旅馆都已爆满。他们请山东省教育厅帮忙，总算在大明湖边找到了一家条件不错的旅舍。在济南滞留两天后，全家人终于从津浦铁路济南站挤上了南下的火车。

这一家人就是梁思成、林徽因夫妇，八岁的梁再冰、五岁的梁从诫，和孩子们的外婆。

济南站。此时聚集了数以千计由烟台徒步而来的年轻学生。其中一名女学生丁金相忽然遇见了自己的老师。丁金相问："老师到哪里去？""到南京去。""去做什么？""赴国难，投效政府，能做什么就做什么。""师母呢？""我顾不得她，让她留在北平家里。"临别时，丁金相特地跑出站买了一瓶白兰地、一罐饼干送给老师。

这位老师就是北京大学教授梁实秋。

乱世羁旅，雨打浮萍。战争阴霾下，众多中国百姓与沈从文、梁思成、林徽因、梁实秋等学者们一样，经胶济铁路在济南转车后，沿津浦铁路南下徐州，转陇海铁路向西，一路飘零，流亡大半个中国。

（陈宇舟）

（三）胶济铁路文化情缘

伴随着胶济铁路的诞生，齐鲁文化与铁路文化的交融，胶济铁路产生了独具特色的文化。位于青岛的胶济铁路中学吸引了众多文化名流，以胶济铁路员工为主的书画艺术社团——少海书画社留下了著名画家郝保真的成长足迹，经常乘火车往返于青岛和济南之间的老舍先生创作了短篇小说《火车》，山东省立图书馆馆长王献唐从日本人手中抢回了珍贵文物秦汉砖瓦，以提倡国货为主题的第四届"铁展会"在青岛开展……

1. 铁路中学名流云集

胶济铁路青岛中学简称胶济铁中或青岛铁中，成立于1925年，是全国铁路系统办起的第三所中学，也是当时青岛开办的屈指可数的中学之一。

胶济铁中的生源为胶济铁路（含四方机厂）职工的子、女、弟、妹、孙、孙女等直系亲属，包括青岛以外胶济铁路沿线各地职工子弟。1923年1月1日，中国政府接收胶济铁路后，沿线员工要求解决子女上学问题的呼声极高。胶济铁路管理局遂在员工较多的地方兴办学校，胶济铁路管理局所在地青岛首列其中。1924年9月8日，位于广西路旧俱乐部的胶济铁路青岛小学正式成立。1925年9月14日，胶济铁路青岛中学正式成立。1927年3月，青岛广西路26号，一块写有"胶济铁路青岛中学"的牌子挂在充满德式建筑风格的院门一侧，已经招生并办学一年之久的胶济铁路青岛中学正式命名挂牌了。此时学校已有五个班，共计125名学生。

开始几年，学校没有固定校址。有一天，新校长宋还吾上任了。我国著名历史学家赵俪生回忆道："他高高的个儿，留一丛浓黑上须，西服革履，拿一支相当粗的手杖……他不是一个人到任，而是带来一大帮人，其中主要是一些从北大、北师大毕业，有学识有新思想的教师。于是，风气创开了。"

宋还吾，1922年毕业于国立北京大学，先后任山东省立第二师范校长、胶济铁路青岛中学校长等职。宋还吾一上任，就带来了毕业于北京女子师范学校的郝荫潭、毕业于北京大学

的修古藩等大量优秀人才任教师，推行开明办学的方针。胶济铁中的风气为之一新。

此后，语文课堂上讲起了白话诗、白话散文、白话短篇小说，公民课堂上讲到了辩证法三大公律，党义课堂上讲到了周佛海的《三民主义之理论的体系》，这都是些崭新的东西。

一时间，铁路中学名流云集，群英荟萃。

教授白话文的郝荫潭师从鲁迅，教学认真，鼓励学生时不吝赞美之词，对于优秀文章，大加圈点批语，并当作范文在班上宣读讲解。修古藩将鲁迅、周作人的大量作品和译作印成油印讲义发给学生，给学生们带来了《域外小说集》《现代小说译丛》《日本短篇小说集》等，还推荐学生订阅《沉钟》和《骆驼草》这类继《语丝》之后出版的小型新文艺刊物。

"京派"作家的代表人物废名曾于1931年应聘到胶济铁

青岛铁中现貌（于建勇供图）

中，教授文学史与学术文。不过他在胶济铁中任职的时间很短，大约也就一两个月。

1929年至1931年年初，王统照曾在胶济铁中任职。他鼓励学生成立文学社团，创办了青岛历史上第一个文学月刊《青潮》。一时间，文学之风荡漾校园，飘向社会。

1934年9月28日，六十六岁的蔡元培受胶济铁路委员会委员兼胶济铁中校长崔士杰的邀请，来到胶济铁中参观，并做了题为《于课堂中求趣味》的演讲。演讲全文刊登在1934年10月2日、3日的《青岛日报》上，后收入《蔡元培讲演集》。

1935年秋天，老舍应邀来到胶济铁中。他身穿灰色毛呢长袍，身着西裤，脚穿皮鞋，在学校礼堂内做了题为《南洋漫游记》的演讲。老舍先生举止潇洒，语言幽默，博得学生们的阵阵掌声。

旧中国战火纷飞、山河破碎，胶济铁中在风雨飘摇中艰难前进。1939 年 4 月，被日本侵略者控制的胶济铁中改名为济南铁路学院青岛分教场。1943 年 4 月，更名为济南铁路局青岛铁路学院。1945 年 8 月停办。抗日战争胜利后，胶济铁中改名为青岛扶轮中学。1950 年 1 月，学校改名为青岛铁路职工子弟中学。20 世纪 80 年代初，改称青岛铁路职工子弟第一中学。2003 年，改名为青岛市第六十六中学，沿用至今。

（郝炜华）

2. 赫保真与"少海书画社"的铁路情缘

步入人民大会堂山东厅，巨幅工笔重彩牡丹图《满堂红》总会吸引人们的目光，这幅画的作者是中国当代著名国画家赫保真。赫保真，山东潍县人，以画牡丹著称，有"赫牡丹"之雅称。

翻看赫保真的生平介绍，会发现他曾参加过一个成员以胶济铁路员工为主的书画艺术社团——少海书画社，并以少海书画社为起点，与胶济铁路产生了更多的交集。

1928 年，年轻的赫保真走出青岛火车站，来投靠老熟人、其时正在胶济铁路管理局任职的宋怡素。宋怡素是山东文登人，书画造诣很深，他和同在胶济铁路管理局任职、书画技艺高超的刘仲永、刘菊园等人私交甚好。对书画艺术的共同爱好使他们与赫保真相谈甚欢。在青岛火车站钟楼二楼，赫保真看到了一幅幅艺术水准上乘的书画作品。宋怡素告诉他："我们成立了一个书画社——少海书画社，这里是书画社的社址和活动地点。"之所以命名为少海书画社，是因为"本社寄居岛上，地濒东海"，而"少海"又是胶州湾的古称。

赫保真欣然加入社团。在宋怡素的引荐下，赫保真陆续与在胶济铁路管理局任职的陈纪云、刘序易、费磊安等少海书画社的成员认识，开始与胶济铁路结缘。

1928年，少海书画社出版了第一集书画册，有书画作品二十六幅。1929年出版了第二集书画册，有书画作品三十二幅、印蜕五方。这集书画册里便有赫保真的《蒲团图》等三幅作品。一、二两集的倒数第二页均印有润例表，赫保真的润例较高，在润例表中排名第二。1929年冬天，少海书画社组织了一次正式画展。1930年重开画展。至1933年，少海书画社按照既定节奏又组织了几次画展。它的声名远播平津沪，作品一时洛阳纸贵，赫保真、宋怡素、刘仲永等骨干成员的画作更是一纸难求。

随着时局的动荡、主要成员的离开，少海书画社在1933年秋后再无活动记录。虽然少海书画社解散了，赫保真与铁路的交集却依然在继续。1929年11月，赫保真来到胶济铁路高密小学担任音乐及图画教员兼管园艺。胶济铁路高密小学建于1923年，是胶济铁路最早的学校。赫保真在这里执教八年，教学之余，带领学生乘坐火车沿胶济铁路春游、写生，结识了李苦禅等艺术大师。1937年10月，因日本侵华，胶济铁路人员遣散，赫保真携家带口离开高密回到原籍，自此再没有在铁路任职。

然而，他与胶济铁路的交集没有中断。1949年7月1日，胶济铁路恢复通车仪式上，开往济南的1536号上的毛泽东、朱德头像就出自赫保真的好友郭士奇之手，1536号是四方机厂修复的唯一机车。同年，赫保真参与了四方机厂"中苏友好"号机车装饰，他感慨道："解放了，我开始了新生活。"

（郝炜华）

3. 老舍因胶济铁路而起的创作情缘

胶济铁路博物馆内陈列着一件展品——老舍先生的《火车集》。这本由上海杂志公司于1939年8月出版的小册子，收录了老舍先生的九部短篇小说，《"火"车》是它的第一篇。

文章开头写道："除夕。阴历的，当然；国历的那个还未曾算过数儿。火车开了。车悲鸣，客轻叹。有的算计着：七，八，九，十；十点到站，夜半可以到家，不算太晚，可是孩子们恐怕已经睡了……"这样的开头，给人带来隐隐不安，略带悲伤的叙述语调似乎预示着不好的事情即将发生。果然如此，因为国民党军人携带花炮乘车，一场大火在车厢内燃起，六十三名旅客的回家旅程和生命旅程终止在半路上。

文学作品中，关于铁路、火车的小说并不丰富，老舍先生却在八十多年前写下这样一篇精彩小说。文中刻画的铁路职员、

老舍先生的《火车集》（陈宇舟供图）

旅客形象栩栩如生，关于车厢的设置、列车的服务真实可考，旅客乘车的心情纤毫毕现，具有一定的时代意义和较高的文学价值。

老舍先生如此熟悉列车，能够写出这样一部短篇小说，大约与他经常乘坐火车有关。翻看老舍先生的生平简介，1930年至1937年之间，他先后几次乘坐火车经由胶济铁路往返济南、青岛之间，并在济南、青岛居住，度过了几年相对缓和宁静的日子。火车的汽笛声，伴随着他人生中的几次重要经历，也成为他文学作品中的故事场景。

1930年7月，青岛火车站，一位戴着眼镜、身材消瘦的男子来到售票窗口，购买青岛至济南的火车票。他就是老舍先生。

老舍先生出生于北平，一直在北平生活，此行是受邀到位于济南的山东齐鲁大学任文学院教授兼国语研究所文学主任。从北平到济南，乘坐火车沿津浦铁路而行更为方便，老舍先生为何要绕道胶济铁路？原来，当时正值中国近代史上规模最大的军阀混战"中原大战"爆发，蒋介石与阎锡山陈兵津浦，津浦铁路不通。老舍先生只好由天津港坐船渡海，再取道胶济铁路，迂回前进。从海路到陆路，一路颠簸，辛苦自不待言。

在青岛站候车室等待不久，火车准时出发。这令老舍先生感觉新鲜，转念一想，又哑然失笑，在始发站岂有晚点的道理，能够正点到达济南，那才叫新鲜。

跟随日头的西移，火车由大海向山东腹地进发。四方、沧口、城阳、南泉……一路畅行，遥远的路程以车站为单位，不断缩短。

夜幕降临时分，火车停靠胶济铁路济南火车站。老舍老生走出站台，他仿佛看到了喷涌的趵突泉水、盛开的大明湖荷花。浸润着浓浓儒家文化的泉城伸出双手，热烈地欢迎他。老舍老生自此在济南定居达四年之久。他的房舍就在距离济南火车站不到四公里的趵突泉附近——南新街58号。在这座看似寻常的小院落内，老舍先生写出了《猫城记》《牛天赐传》《月牙儿》等小说，还写出了我们熟悉的《济南的秋天》《济南的冬天》。

作家通常喜欢晚上写作。夜深人静，星耀天空时，老舍先生独坐书桌前，也许会听到那从火车站传出的嘹亮汽笛声。

1934年9月，老舍先生受邀到新组建两年的国立山东大学中国文学系任教。他再次坐上火车，沿胶济铁路前往青岛。此行他携家带口。进出车站、上下火车时，他与妻子既要看管行李，又要看护儿女，虽然忙乱，内心却充满对未来生活的美好希冀。

当时的胶济铁路有"一次"至"六次"客运列车,"单次"由青岛开出,"双次"由济南开出,"一次""二次"在夜间运行,小站不停,称"特别快车"。从济南到青岛,特别快车运行将近十二个小时,普通客车则运行十七个小时。

老舍先生对列车已是非常熟悉,年幼的孩子却是第一次乘坐火车,他瞪大眼睛好奇地四处观看。当时的客车车厢分三等、二等、头等三个等次,三等是硬席,二等是软席,头等则更高级些。另外有卧车、餐车,还有花厅车,专供高级人员公用,不多见。

按照老舍先生的身份推测,他乘坐的应该是特别快车。但是乘坐的是哪个等次的车厢,却无从考证。《"火"车》里写的是二等车厢,有茶房为旅客递送擦手擦脸的热毛巾。三等车厢的情况则很糟糕,人多拥挤,窗外一团漆黑,车内仅在车厢头尾两处点两盏油灯照明。灯光昏暗,每个人的面目都模糊不清。

薄暮时分,列车从济南出发,到达青岛时,朝阳正从大海喷薄而出,无尽的霞光映照大地。这是老舍先生第二次来到青岛。第一次,他只是一个过客,第二次是定居。

在青岛,老舍先生居住了近三年,创作出蜚声文坛的长篇小说《骆驼祥子》和短篇小说集《蛤藻集》《樱海集》等,并与友人合办《避暑录话》。他的家成为文化名流的聚会场所,他也经常参加社会活动,做了许多讲演。胶济铁路中学就留下了老舍先生的身影。

如果国家安定、世道太平,老舍先生也许会在青岛长居。

然而，1937年七七事变爆发，日本帝国主义发动了罪恶的侵华战争，北平沦陷，天津沦陷，青岛形势陡然紧张，很多文化名人携家眷离青南下。谨慎斟酌、几番犹豫之后，老舍先生也决定南下上海。然而没待动身，他便接到友人的加急电报："沪紧缓来。"怎么办？想到先前已与齐鲁大学约定，秋初开学后到学校任国文系教师，老舍先生决定先去济南。因为妻子刚刚生产，儿女尚小，行动不便，老舍先生打算自己先到济南安顿下来，再将妻儿接去。

8月13日，老舍先生独自一人来到青岛火车站，他的心情格外沉重，举目四望，旅客大都神情凄惶，行色匆匆。检票进站铃响，老舍先生夹杂在人流中，挤上火车。车内人满为患，三等车厢内的旅客甚至像贴烧饼一样，紧紧挨在一起。列车启动，大家将留恋的目光投向窗外，此一别，不知何时归来？那时的老舍并不知道，他从此再没回到青岛。

刚到济南，淞沪会战便爆发，日本军舰准备登陆青岛。老舍先生慌忙让妻儿奔赴济南。一个大人、三个孩子，还有家具、书籍，怎么上车？急中生智，老舍先生想到了在铁路部门工作的朋友，遂委托朋友将妻儿、行李送上列车。经过十多个小时的艰难跋涉，在济南火车站，一家人终于团聚。

虽然举家搬到济南，然而形势更加恶劣。11月，日军攻到黄河以北。为了避免当俘虏，被逼着做汉奸，老舍先生独自一人来到津浦铁路济南火车站，乘车南下。他先到达武汉，后转至重庆，投身轰轰烈烈的抗日救亡运动中。新中国成立后，回到北京。

自离开济南那天起，老舍先生与胶济铁路再无交集。但是他创作的小说却静静地躺在胶济铁路博物馆的橱窗里。这部以"火车"为名字的小说集，以独特的方式，向人们讲述着老舍先生与胶济铁路的故事。

（郝炜华）

4. 胶济路上夺宝记

1931年4月15日，省立图书馆馆长王献唐来到潍县，他是为了潍县高氏上陶室的秦汉砖瓦而来。潍县高氏秦汉砖瓦收藏，海内闻名。高鸿裁藏有十二字砖，十二字为"海内皆臣，岁登成孰，道毋饥人"，可谓国宝。

高鸿裁精于收藏金石，他去世后，家庭入不敷出，终于还是要将收藏之物出手了。可惜，此次王献唐并没有收购到高鸿裁的藏品，因为高夫人病了，不能议价。王献唐遗憾离开，只留下一句："要出手，还是卖给当局为妥。让这些藏品归于该去的去处，才更有价值。若翰生兄（高鸿裁字翰生）在世，想必也会赞同。"

一席话让高氏家人汗颜，他们所言高鸿裁夫人染病是托词，实则想趁机抬价。王献唐不愿多想，乱世之中，人心不古矣！

故事，忽然向另一个方向转折。

1931年5月18日，青岛火车站收到七个由潍县运抵的巨大木箱，发货人为日本人久原，货品名为：玉器及石。这批货物将由青岛站转运至码头，发往日本。按照惯例，青岛火车站对这批货物进行了开箱验货，发现箱内不是所谓的玉器及石，而是一批砖瓦。青岛站的职工不敢马虎，层层上报，汇报到了时任胶济铁路管理委员会委员长葛光庭那里。葛光庭亲自查看了这批货物，发现不简单。他立刻邀请青岛市社会局和教育局的有关人员来鉴定这些砖瓦，却没有得到答案。于是在5月20日，葛光庭将此事告知了当时有文物保管职责的山东省立图书馆。王献唐馆长知道此事后，立刻想到了这批文物的来源。他立刻以图书馆的名义，向青岛市政府、社会局、教育局和胶济铁路青岛站发去公函。胶济铁路管理局接到此信后，立刻封存了这些砖瓦。

经查实，这批文物的实际购买人是日本人大田，采购于潍县高鸿裁家中，也就是王献唐一个月前要收购的那批文物。日本人得知王献唐到访高家后，立刻托人与高家议价，最终以两千五百块大洋成交。其中，高家人得一千六百块，中间人得九百块。大田偷偷买下这批文物后，由潍县装车，运往青岛。

此时，葛光庭到任胶济铁路只有四个月，但是，曾为张学良易帜谈判代表的他，在东北时就已看透日本人的野心。对于这批收货人为大田的砖瓦，他没有丝毫马虎。长期与日本人打交道，他心中自有办法。

日方得知自己的货物被扣留，非常着急，每天都派人到车站催促提货。五三惨案发生后，国际纷纷对日本的侵略行径进行谴责。迫于多方压力，此时的日本人尚有所收敛，知道此事违反中国法律，心里有鬼，所以，只能勉强配合中方的调查。

其间，日本领事馆也不断对胶济铁路管理局施压，多方纠缠。葛光庭顶着压力与日方斡旋，一方面交代青岛火车站武装保护此批文物，一方面就日本人提出的文物归属问题避而不谈，或者干脆拒绝与日本人见面谈判。

胶济铁路管理局收到王献唐的公函后，立即向省教育厅报告了查封秦汉砖瓦一事。省教育厅马上派人赶赴青岛处理此事，同时向南京教育部发电："南京教育部钧鉴，准胶济铁路养电，扣留由潍县运来秦汉砖瓦及碑碣等七箱，系私售日本人，秘密图运出口者。嘱即派员往商办法等因，除以照古物保存法第六条之规定，即日派员赴青没收并押运来济保管外，谨先电呈。"6月1日，省教育厅又向教育部发电询问处理意见，不久教育部决定："着即派员赴青，全部砖瓦没收，押运回济，妥善保管。"

有了教育部的明确指示，6月12日，省教育厅、胶济铁路局、青岛市政府会同日本领事馆和货物托运人共同开箱验货。第一箱装有长方砖50方、小长方砖7方，第二箱装有小方砖145方，第三箱装有圆形瓦端174包，第四箱装有大小砖66方，第五箱装有大小砖89方，第六箱装有长条石碑1方，第七箱装有长方形残石碑1方。查验后将全部533件砖瓦和石碑一一封妥。

为了尽快将这批文物运往济南，胶济铁路局决定，6月13日安排专车运送，并电告沿途各站加以保护。但在起运之前，日本人强行阻止，被迫改为14日早晨起程。孰料14日又遇雷雨，不得已将文物暂放在了车站站台，安排路警看管。直到15日才起运，顺利抵达济南。到济后，省教育厅有关人员和省图书馆王献唐到济南站接车，押运这些文物到图书馆，收藏于图书馆金石所。

打开木箱，文物呈现出来的那一刻，王献唐的眼泪流了下来。闪着金光的或篆或隶汉字似乎活了过来，用另一种语言述说着古物的前世今生。

7月21日，省图书馆在大明湖畔举办了"秦汉砖瓦展览会"，吸引了中外人士蜂拥而至，参观难得一见的金石精品。展览在社会上引起很大反响，成为我国近代文化史上的一次盛典。

（高玉宝）

5. 热闹非凡的"铁展会"

1935年7月10日下午3时，以提倡国货为主题的第四届"铁展会"在青岛隆重开幕，各界代表千余人出席了开幕典礼。

展会入口，大牌坊上写着"全国铁路沿线出产货品展览会"。进入会场，展厅按照全国铁路线分布。第一进院落一楼左侧是名产馆，右侧为津浦馆；二楼左侧为京沪沪杭甬馆，中部为浙赣馆，右为平汉馆。第二进院落一楼左侧是北平馆，中间为正太馆，右侧为胶济馆；二楼左侧是平绥馆，中间为陇海馆。各馆展品分为矿产、农产、森林、禽畜、工艺五类，各项货品标示货名、用途、产量、出货时季、产地、销行地及销售数量、价值、运输方法、捐税、图表等内容，方便客商了解。果品、蔬菜之类不易长期存放的展品，做成了标本或摄成照片展示。还有些展品或装木匣，或盛玻璃瓶，或系彩线，装潢方法美观又没有较大浪费。

胶济馆所列货品最多，还特别刊印了《铁道部全国铁路沿线出产货品展览会胶济铁路物产一览》，向参观者免费赠阅。解说词如下："胶济铁路，横贯鲁省，路线所经，悉属沃野，农产之盛，著于华北。复据有青岛烟台各海港，工商业得风气之先，进步甚速。只以国内交通不便，推销未广，各地人士，知者尚鲜。此种景象，揆诸国内，随处皆然，固非胶济沿线工商，有此感觉而已也。"

除两进院落展区外，"铁展会"还设置了特色机械品展馆，展示各路特有的设备，如行车设备模型、胶济铁路四方机厂生产的机器。展馆除楼房以外，还在操场上搭了几个大棚。各个展馆都费尽了心机进行布展。胶济馆给博山煤矿做了一个模型，使人可以看到矿下采煤的场景，旁边展览着许多块黑得发亮的煤块。津浦馆有谷子地模型，用瓶子装着优质小麦、玉米、谷子。京沪馆还有风景模型，如南京中山陵。沪杭甬馆中工业用品最多。展览馆以外的售品所，所出售商品包括各地的名优产品，如山西竹叶青酒、汾酒，上海的钢精壶、锅、丝绸、袜子、鞋等，全为国货产品，没有任何洋货。汉口、上海两地出产的绸缎和金华火腿，天津国货公司出产的毛巾和布匹，北京玉行商会出产的玉器工艺品，京沪沪杭甬馆出售的脸盆、手电筒、服装等，均受到消费者的推崇。和前三届相比，这届"铁展会"还有一项创新内容——设立电影礼堂，每日下午2时至5时，放映全国铁路沿线城镇地理风光纪录片，宣传推介特色旅游文化资源。

第四届"铁展会"入口

　　胶济路局适时推出了暑期折扣票价，并联系市府路政增加市区公交车班次，以便外地游客前来观展避暑。展会每天人头攒动，人们怀里抱着，腋下夹着，手里提着，脸上流着汗，嘴里喘着粗气，碰着人还不住夸耀："你看，我买了样顶便宜的东西。"《青岛晨报》《平民报》都出版了"第四届铁展特刊"。洪深、老舍、王统照等十多位居于青岛的作家、学者合办刊发的文学周刊《避暑录话》，在"铁展会"期间大受读者欢迎。

　　8月10日，第四届"铁展会"圆满结束，参观者计六十万人，销售额三十万元，成为当时展馆最多、展品最全、参观者最众的展览会，可与西湖博览会媲美，也是青岛开埠以来最大之盛事。

（陈宇舟）

三

革命浪潮席卷下的胶济铁路

胶济铁路因其工人集中而成为党在山东早期革命的重要阵地。王尽美、邓恩铭等人领导了四方机厂工人大罢工、胶济铁路总同盟大罢工等活动，成为"异军突起"的工人运动。铁路沿线的潍县赤卫队伏击日寇、铁路工人坊子火车站阻路事件，显示了工人阶级的革命伟力。

　　抗战期间，胶济铁路沿线广大军民以伏击日军、突袭列车、开展地雷战等方式打击侵略者，涌现出马功臣、冷芳吾、李兰溪以及胶济铁路武工队这样的英雄人物和群体，演绎了一个个可歌可泣的故事，谱写了一曲曲抗击侵略的壮歌。胶济铁路是一条经历过血与火、承载着伤与痛、彰显着不屈和理想的革命之路。

　　抗战胜利后，山东军民坚决执行党中央和毛主席"占领胶济铁路"的指示，迅速占领了胶济沿线。国民党发动全面内战之后，胶东军区、渤海军区进行了壮烈的胶济铁路东段、西段保卫战，保卫战过程中涌现出魏来国、刘奎基等战斗英雄。1948 年，经过"横扫胶济路"的战略反攻，胶济铁路沿线回到了人民手中。

（一）工人运动

随着马克思主义的传播和中国共产党的成立，工人阶级集中的胶济铁路成为中国共产党在山东早期的重要革命阵地。王尽美、邓恩铭、纪子瑞等人成为山东工人运动的主要领导者，四方机厂工人大罢工，胶济铁路总同盟大罢工，潍县赤卫队伏击日寇，坊子火车站阻路事件，彰显了胶济铁路工人中蕴含的革命伟力。广大铁路工人听党话，跟党走，奋起反抗剥削压迫，开展工人运动，吹响了胶济铁路工人运动不断前进的号角。

1. 济南街头的王尽美

1919 年，震惊中外的五四运动爆发。运动之火先由北京燃起，继而向全国蔓延，唐山、济南、汉口、南京、长沙等地工人也相继举行罢工，许多大中城市的商人举行罢市，形成罢工、罢课、罢市的"三罢"高潮。斗争迅速扩展到二十多个省区、一百多个城市。

此时，春天的济南百花齐放，微风从南山吹来，蔚蓝的天空中飘着七彩的风筝。街头忽然传来阵阵呐喊："还我青岛！""抵制日货！""不坐日本人管辖下的火车！"

离胶济铁路济南火车站不远处，身穿长袍的王尽美站在桌子上，阳光洒在他年轻的脸上。他斜披上书"还我河山"四个大字的白色布条，振臂高呼，不时引发阵阵回应之声。王尽美慷慨陈词，宣讲到动情处，有力地挥舞手臂，列举日本侵略者的条条罪证，满腔怒火地谴责巴黎和会上帝国主义列强背弃公道正义的强权外交。最后，王尽美泪流满面地呐喊："团结起来，勇敢战斗。国家兴亡，匹夫有责，是奋起的时候了！应当奋起救国，誓死力争！"

人越集越多，以致堵塞交通。军警吹响警笛，无奈人们的呼声一浪高过一浪，盖过了警笛的声音。三五个军警站在人群外，听着一声高过一声的呐喊，脸上流着汗。春天的风吹过来，一些柳絮飘在风中。

忽然，一个青年人纵身一跃，跳到街头的桌子上，和王尽美站在一起。他脱下自己身上的衣衫，高高举过头顶，双手使劲儿，刺啦，那东洋布衫子被他一条一条撕碎，然后扔到空中。"永远不做亡国奴，不穿日本人的衣裳！"王尽美把传单撒向人群，那些散发着油墨香气的传单是他和同学们连夜印刷的。

王尽美带领人群走向集市，一边发放传单，一边怒斥日本人强占胶济铁路、霸占青岛的恶行。参加运动的人们劝告商户不要出售日货，许多商贩同王尽美一样气愤，当即将所有日货下架，同时，在醒目处挂出不售日货的招牌。

刚刚还是春和景明，不想，临近午时，下起倾盆大雨。王尽美与参与运动的学生、工人们没有因为大雨而停止奔走，相反，大雨中队伍越来越壮大。队伍走到督军府前时，已经多达万人。口号声一浪高过一浪，竟然盖过雨声。无奈，督军与省长不得不接见学生代表，继而，学生代表请愿转电北京政府，要求不轻易在条约上签字、严惩卖国贼等。

会后，学生七八人组成一组，分赴各街道演讲，"以期唤醒各界，热心爱国，抵制日货"。23日，王尽美等起草罢课宣言，申明罢课原因和目的。6月8日，王尽美到山东议会议员王乐平家了解济南开展运动情况和全国形势，第二天出席了省议会召开的济南各界人士大会和在省立第一师范召开的学联会议。根据会议安排，王尽美等人立即着手"三罢"（罢工、罢市、罢课）的组织和发动工作。一时社会各界纷纷响应，使山东当局大为震惊。

（高玉宝）

2. 邓恩铭与四方机厂

青岛东镇小学的夜晚非常凉爽，火车汽笛声从远处传来，海风从黄海吹过来，吹进邓恩铭的窗子。学生们都已经放学，为数不多住单身宿舍的老师各自在寝室批改作业。夜风里，伴着海浪的声音，有人在吹口琴，吹的是《美国巡逻兵》。口琴是新兴事物，1921年由天津传遍中国。邓恩铭也将新思想带进青岛。

这天夜里，邓恩铭在等待四方机厂的郭恒祥，这个浓眉大眼、一身正气的铁路工人引起了邓恩铭的重视。但是，由郭恒祥担任会长的"圣诞会"并没有真正发挥工人力量，这使邓恩铭非常着急。

夜里八点，郭恒祥敲响了邓恩铭的窗子，递进来一个大西瓜。进了门，郭恒祥看着文质彬彬的邓恩铭老师就笑。想起当年在济南街头看到王尽美与邓恩铭他们组织的学生运动，人们慷慨激昂，爱国热情高涨，真是激动人心啊。

邓恩铭切开西瓜，坐到郭恒祥的对面，一边吃着西瓜。一边耐心地听郭恒祥讲起当年的故事。

这个章丘人一口济南腔，听着如此亲切。

"五四时期，我从济南回到青岛，买了许多折扇，写上'勿忘国耻''抵制日货''还我青岛'等口号，分给工友们，效果很好。工友们一闲下来，聚到一起，谈的也是这些话题。工友们对帝国主义强权恨之入骨。"说到这里，郭恒祥忘了吃手中的西瓜，一脸气愤。

邓恩铭点头称赞，如果没有强有力的群众基础，失去工人阶级中坚力量，共产主义思想不会传播得如此深远。邓恩铭放下手中的西瓜，将窗子关上，拉上了窗帘。昏黄的灯影下，邓恩铭和郭恒祥谈了许久，直到东方破晓，两个人才不得不结束谈话。

书桌上，只是一夜，他们就制订了一堆计划，从改进"圣诞会"，不限制工人入会，到发展胶济铁路沿线工会组织，包括组织成立中国社会主义青年团……邓恩铭的计划让郭恒祥热血沸腾，浑身上下充满了干劲儿。

随后的几个夜晚，邓恩铭都在四方机车厂，给由郭恒祥组织起来的工友们上课。邓恩铭一边教给工友文化知识，一边宣传革命思想，常常讲到深夜。邓恩铭毕竟是科班出身，他的课讲得深入浅出，没有大道理，只有工友翻身做主人的硬道理。"哪里有压迫，哪里就有反抗！"多么有力量的话呀。工友们被这个瘦弱青年的激情感染，如果不是因为纪律不允许，他们早就振臂高呼起来。

工友们的激情是打压不住的。邓恩铭的思想在感染着大家，并迅速传遍胶济铁路沿线。"圣诞会"不断扩大，会员增加到五百余人。1924年2月，他们先后在张店站等胶济铁路沿线车站成立分会，在青岛海港码头成立分会，还在胶澳督署水道局、电灯公司、纱厂筹建分会。3月18日，邓恩铭在致中共一大代表刘仁静的信中写道："总而言之，四方机厂工会俨然就是青岛总工会的象征。"

1925年2月8日，胶济铁路全线罢工，邓恩铭带领四方机车厂工人加入罢工行列中去。四方机厂罢工持续九天，取得部分胜利。罢工结束后，工人代表向中共青岛支部汇报后，邓恩铭清醒地说："不能要求一次斗争解决一切问题，要适可而止，只要答应复工条件的60%，就是胜利。"

（高玉宝）

3. 工人运动先驱纪子瑞的故事

纪子瑞（1895—1931），又名济民，出生于胶县里岔村的一个贫困农民家庭，是山东早期的共产党员和胶济铁路工人运动早期领袖之一。

纪子瑞家是世代相传的木匠。1909年，年仅十四岁的纪子瑞和大哥赴青岛四方机厂四场做木工。1923年1月，纪子瑞等自发成立"圣诞会"，并发动了四方机厂工人为声援京汉铁路工人的正义斗争而进行罢工、怠工。次年1月，郭恒祥、纪子瑞等组织"圣诞会"会友和四方机厂工人为胶济铁路局停发年终双薪进行怠工斗争，并取得胜利。

1924年，经邓恩铭介绍，纪子瑞加入了中国共产党。1925年2月，胶济铁路管理局的上层发生了派系斗争，导致胶济铁路员工大罢工，胶济铁路全线瘫痪。当时中共青岛党支部决定利用敌人内部的裂痕开展工人运动，并选派纪子瑞等人作为四方机厂工人代表，向路局和厂方提出五项要求：凡关系工人的事件，厂方今后必须同工会交涉；立即恢复以前因办工会而被开除工友之工作；不分领班、工匠、小工，一律增加工资三元，并改日计为月计；每年发给工人两次来回免费联运通票；速发年终应得奖金。

结果，谈判破裂，于是四方机厂工人在当天举行了大罢工。罢工后，工人们成立了四方机厂工会、罢工委员会和纠察队、宣传队等组织。纪子瑞任纠察队队长，带领队员日夜巡逻警戒，维护罢工秩序。罢工斗争持续至第九天，厂方不得不答应恢复被开除的四名工人的工作、照发年终奖金等条件。四方机厂工人罢工斗争取得了胜利。与此同时，在青岛支部领导下，胶济铁路总工会于青岛成立，纪子瑞为执行委员。

为了加强工人运动统一领导，中共青岛支部以胶济铁路总工会为主，成立了地方性的四方工人联合会，并领导了青岛纱厂第一次联合罢工。纪子瑞身为胶济铁路总工会执行委员，率先组织成立了青岛纱厂工人罢工后援会，募捐粮食和款项，派人去济南、上海等地联络，争取各地、各界后援会派代表来青慰问和捐赠粮款。

7月23日，青岛一万余纱厂工人举行了第三次联合大罢工。奉系军阀、山东督办张宗昌命令军队封闭了胶济铁路总工会和沪青惨案后援会，砸毁四方机厂和各纱厂工会，逮捕了地下党的负责人李慰农等十四人，下令通缉邓恩铭、纪子瑞等六十余人。

为了保存实力，青岛地下党组织安排纪子瑞等人到全国铁路总工会工作。纪子瑞先后到开封、洛阳、郑州、上海、沈阳和济南等地开展工人运动。1926年春，纪子瑞奉命到枣庄矿区开展工人运动和建党工作。他白天下井同工人一起劳动，晚上便组织积极分子学习党的基本知识，为发展党员和建立党组织奠定了基础。1926年夏，他成立了枣庄地区第一个党支部。此后，在党支部的领导下，枣庄矿区工会迅速成立，并秘密发展会员五十余名。当北伐革命军于1926年6月进军鲁南地区时，纪子瑞便利用这一形势，筹备公开"枣庄矿区劳工会"，翌日召开控诉大会。会上，资方和厂方被迫接受矿工们提出的十六条要求。不久，全矿一万两千余矿工有九千余人加入了工会。随着北伐军回师南撤，枣庄矿区的工人运动暂时处于低潮。纪子瑞根据省委指示离开了枣庄。

1928 年春，纪子瑞从上海辗转回到青岛。因为敌人正到处追捕他，纪子瑞便离开青岛返回胶县老家，组织诸城、日照一带的农民运动。1928 年冬，党组织调他回青岛四方机厂开展地下活动，积极筹备迎接新的工人运动高潮。

1929 年 6 月，由于混进工会中的国民党中统特务告密，纪子瑞在四方机厂被捕，押往济南，关押在山东省高等法院第一监狱。在狱中，纪子瑞秘密和同狱关押的邓恩铭取得了联系，组成狱中党支部。是年 7 月 21 日下午，邓恩铭、纪子瑞等组织越狱，除少数同志脱险外，邓恩铭、纪子瑞等多数同志再次被捕。纪子瑞在狱中受尽种种酷刑，仍坚贞不屈。

1931 年 4 月 5 日，国民党当局以所谓"意图颠覆国民政府，阴谋暴动"的罪名，将纪子瑞、邓恩铭、刘谦初等二十二名党的干部在济南纬八路侯家大院刑场杀害。

（孙忠先）

4. 四方机厂工人罢工

1921 年 7 月，中国共产党第一次全国代表大会召开。《中国共产党第一个决议》指出，党的基本任务是成立产业工会，在工会里灌输阶级斗争的精神。中共一大后，王尽美、邓恩铭等共产党人在山东开展工作，产业工人密集、辐射面广、影响力大的胶济铁路成为首选之地。

1923 年，在胶济铁路所属四方机厂，铁工组织的"老君会"、木工组织的"鲁班会"、油工组织的"葛仙翁会"合并，成立了以太上老君生日为名称的行业组织——"圣诞会"。大家受到工头欺负、遇到家务纠纷等，都找"圣诞会"调解处理，其影响逐渐扩大，引起了党组织的关注。

1923年4月，一个名叫满玉纲的中年人秘密来到四方机厂。他的真名叫王荷波，是中国共产党党员，曾是津浦铁路工人。王荷波对四方机厂的工友说："'圣诞会'有铁匠、木匠、油匠等，行不同可心同，好比三兄四弟应抱成一团，拧成一股绳，这就叫团结。你们制定会章、戴徽章、唱戏都可以，这能壮大工人的声势。可是一千条一万条，别忘了为工人兄弟办事情是头条。"工人们听了心悦诚服。此后，在王荷波的指导下，"圣诞会"办起了工人俱乐部，制定了《四方机厂工人俱乐部简章》，建起了工人图书室，组织工人演戏，还准备筹办工人夜校。

王荷波离开青岛之后，邓恩铭来到青岛继续开展工作。他在1923年9月的一封信中写道："青岛系工商之地，而吾人活动只有从工人方面入手……四方车(机)厂工人因反对厂长极欲一动，惜余等均不得其门而入，诚属憾事！弟以为作劳动运动非置身其中不可……"不久，邓恩铭经熟人介绍，深入四方机厂车间调查研究，目睹了工人们备受剥削、困苦凄惨的生活现状。他在《青岛劳动概况》一文中写道："他们每天至多不过赚三毛五分钱，仅仅够吃……他们的住处是极其黑暗污秽的窝棚……常常生病。但是他们生病是没有人管的，他们病中费用当然没有，必须向工友中分借……这种悲惨地生活的工人最多，恐怕要占百分之九十以上……"

1923 年冬，邓恩铭担任了"圣诞会"秘书。当时，四方机厂还有一个民间行会组织——"艺徒养成所同学会"。老工人参加"圣诞会"，新工人参加"同学会"，一厂两会。邓恩铭修订了"圣诞会"章程，取消青年工人入会限制，两会合并，会员增到五百余人。又在海港码头和胶济铁路沿线车站成立分会，成功将具有传统行会性质的"圣诞会"，改造成为中国共产党领导的群众组织。

1923 年 8 月 23 日，"圣诞会"发动全厂一千二百多人举行罢工，抗议厂方串通工贼栽赃陷害并开除八名工人，迫使路局同意八人复工。1924 年 1 月 28 日，发动工人再次罢工，抗议路局和厂方借故不发年终双饷和红利。胶济铁路各站段也相继而起，使路局和厂方宣布照发双饷和红利。

1925 年 2 月，在中国共产党领导下，胶济铁路工人奋起反抗军阀的剥削和压迫，率先在四方机厂举行大罢工。3 月，胶济铁路总工会正式成立，下设青岛、高密、坊子、张店、济南、四方机厂六个分会，成为青岛历史上第一个行业总工会。青岛大康、隆兴、钟渊、宝来等日本厂以及水道局、电话局、啤酒厂、铃木丝厂等相继成立了工会。4 月至 5 月，胶济铁路总工会积极声援"青岛惨案"和上海"五卅惨案"抗议活动。7 月，以胶济铁路总工会等行业工会为基础，成立了"青岛工界援助各地惨案联合会"，成为青岛第一个全市性工人联合组织，开启了山东工人阶级斗争的新纪元。

在京汉铁路"二七大罢工"后的革命低潮期，胶济铁路成为中国工人运动新的策源地。中共早期工运领袖邓中夏曾说：

"'二七'失败，已隔一年，此时有一新生势力，为'二七'时所没有，就是异军突起的胶济铁路工会。该会在中国工人阶级大受打击之后，居然能起来组织工会，会员发展到一千五百余人，不能不算是难能可贵。"

星星之火，可以燎原。中共党组织逐渐遍布胶济铁路全线，在曲折中发展，在发展中壮大。

（陈宇舟）

5. 潍县赤卫队伏击日军运粮火车

1928 年 10 月 12 日，南流火车站前的大集上，一群国民党士兵押着一个衣衫褴褛的青年人走来。人们围过来，看到青年人怒目圆睁，挺着胸脯，英俊的面容上带着伤口，身上的血衣说明他遭受过非人的折磨。小孩子吓得直往大人的怀里钻。秋天来了，天空飞过行行大雁。集市上的人流慢慢涌过来，这么多老百姓，没有人发出一丝声音。

青年人看向乡亲们，目光坚定，充满希望。铡刀被抬到面前，身穿军装的人开始宣读青年的"罪状"。噢，他是共产党人。刽子手将黑亮的铡刀抬起，向铡刀上喷了一口酒。青年人昂首挺胸，厉声怒斥："今天你们杀了我一个，明天会有千百万的人站起来杀你们！你们的日子不会太长久了，人民革命的烈火一定会把你们这些反动派彻底埋葬！"

人群中发出饮泣的声音，宣读判决书的军人有些犹豫，抬起埋在判决书中的脸，看向大家。终于，他有些气急败坏地挥了一下手。

青年人挺直了胸，毫无惧色，在"打倒一切反动派！中国共产党万岁！"的呼声中英勇就义，时年二十五岁。

他，就是庄龙甲。1903年，庄龙甲出生于潍县庄家村。1921年秋，他考入山东省立第一师范学校，其间，与王尽美结识。1923年夏，他经王尽美介绍加入中国共产党。在省立一师党支部建立起来后，庄龙甲担任了第一任党支部书记，被大家称为"王尽美同志的左右手"。加入中国共产党后，庄龙甲在潍县周边各县积极发展学员，进行革命宣传，并且组建潍县赤卫队，与反动军阀、地方恶势力做斗争。1928年5月，为反抗日本人制造"五三惨案"的暴行，亦为阻挡继续西进增援的日军，庄龙甲带领中共潍县县委和坊子铁路党支部，联合中共高密县委同志，秘密组织职工、群众，夺获了日本军用面粉列车。

在为革命事业奔走的同时，庄龙甲患上了肺病，并且越来越厉害，有时咳嗽得喘不动气，严重时还会咯血。同志们都劝他好好休息，他笑着说："干一天少一天，趁还没有躺下，我得争取多干一点。等到闭上眼睛，想干也干不了了。"由于病情日益加重，1928年秋，组织上安排他到地下党员傅锡泽的药铺里休养治疗。10月10日这一天，药铺里突然来了三个人。庄龙甲看情况不对，刚想躲出去就被认了出来，遭到了逮捕。他们将庄龙甲押到国民党潍县南流区保卫团，对他施以酷刑，都没有使他屈服。10月12日，正逢南流大集，国民党反动派妄图利用人多的时机造成震慑，将庄龙甲押赴刑场杀害。

庄龙甲养病期间，中共潍县县委的工作一直由牟洪礼代为负责。这天，牟洪礼在去汇报工作的路上听闻了庄龙甲牺牲的噩耗，极力忍住悲愤，赶回庄家村参加秘密会议。会上大家向他打听庄龙甲的情况，他怕同志们和家属承受不住，没有说。会后，牟洪礼留下一张纸条，上面写了一首诗："老子英雄儿好汉，庄稼不收年年盼。死而复生精神存，在与不在何必言。南北东西人知晓，流芳百世万古传。"庄家村的同志们拿着纸条一起端详，发觉这是一首"冠头诗"，每句第一个字连在一起，就是"老庄死在南流"。于是，他们立刻派人连夜赶到南流打探情况，得知敌人残忍地用铡刀将庄龙甲的头颅铡下，挂在潍县南门外城墙上示众。烈士的遗体由南流的同志想方设法取回，悄悄埋了起来。为了方便日后寻找，前去打探消息的庄峰云在掩埋处理上了石头作为记号，以备将来寻找。后来，烈士的头颅被党的地下工作者取下，秘密掩埋。

（高玉宝）

6. 刘谦初领导胶济铁路总同盟大罢工

根据全国的斗争形势，中央指示山东省委发动胶济铁路总同盟大罢工，以纪念中国共产党成立八周年。1929年6月初，中共山东省委书记刘谦初接到这一通知后，迅速筹划大罢工。

6月上旬，刘谦初到达淄博，并做了有关总同盟大罢工的部署和指示。周村的恒兴德、裕厚堂、元丰、同丰等缫丝厂一千多名工人举行了三天总罢工，成立了缫丝业总工会，迫使资本家接受了工人提出的缩短劳动时间、提高工资、改善生活等要求。罢工取得初步胜利。

在青岛，刘谦初与青岛市委书记党维蓉一起分析青岛的工运形势，认为目前出现的自发怠工是反对日本帝国主义最适当的斗争形式，既能造成日本厂主的经济损失，打击敌人，又不致造成工人失业从而影响生计，还可以使工人在斗争中得到锻炼；应该因势利导，有计划地将怠工斗争推广到各日商纱厂。于是，日商纱厂里就出现了这样的景象：工人有睡大觉的，有外出乘凉的，有故意制造事故的，还有寻机暗中惩罚日本监工的。总之，工人们动脑筋想办法，不让日商工厂的生产顺利进行。

纱厂工人的怠工引起了日本厂主的恼怒，日商六大纱厂研究决定，实行同盟停业，企图借此对付中国工人，取缔"不良分子"。其他行业的日商工厂也随之停业，结成对付中国工人的反动联合阵营。工人群众在党的领导下，顺应形势组织了罢工斗争，提出条件与日本工厂主针锋相对地进行交涉。国民党反动政府不仅不支持工人的斗争，反而出动武装警察，前往工厂镇压，同意日本厂主无理解雇"不良分子"。所谓"工整会"明作调解，暗地出卖工人利益，开除许多工人，迫使工人复工。复工后的工人不甘屈服，仍然怠工应付，日本厂主故技重演，采取同业停工。这就迫使2.5万多名工人生活无着，再次罢工。这样，一场工人与日本厂主的冲突发展为声势浩大的反帝运动。

刘谦初指导中共青岛市委成立了行动委员会，领导这场反帝斗争。7月21日，日本经营的大康、内外棉、隆兴、钟渊、富士、宝来等纱厂也爆发了同盟罢工，并很快蔓延扩大到民族资本家开办的华新纱厂。四方机厂工人也跟随加入，形成了声势浩大的罢工运动。青岛工人的斗争，引起全国各界的注意。11 月间，第五次全国劳动大会集中讨论工会和工人运动问题。青岛工人的斗争也得到大会的关注。大会通电全国各工会及广大工友，"起来反对日本帝国主义及国民党进攻青岛工人的毒计"。上海工人先后两次资助青岛工人八万元，武汉工人不辞路遥，舶运粮食支援青岛工人。

罢工、停产持续几十天，大大出乎日本资本家的意料。他们贿请国民党政府帮忙。国民党当局使用了种种欺骗伎俩，均告失败，最后采取反动恐怖手段，派出大批便衣特务，组织反动的捕共队，到处搜捕共产党人和工人积极分子。他们一面强逼工人到厂上班，一面散布日本厂主接受工人要求、工会已同意复工的谣言，耍尽花招，迫使工人回到工厂。1929 年 11 月，纱厂恢复了生产。

这一震惊中外的大罢工，成为中国近代史上著名的"民国十八年大罢工"。纱厂数万名工人罢工，前后坚持了四个月之久。斗争之激烈，时间之长，在青岛工运史上是空前的，在山东工运史和全国工运史上也是罕见的。

7. 牟铭勋与坊子火车站阻路事件

深夜，巡逻队刚刚走过，一家深宅大院的门洞里闪出一条黑影。他的脚步很轻，一看即是经常夜行的人。夜行人有夜行人的规矩，不咳嗽，不吸烟，能不划火柴就不划火柴，而且要练一双夜视眼、千里耳。即使是这样，也不一定能够躲过早就埋伏好的敌人。

黑影背着一个大大的书包，沿着墙根慢慢行进。坊子的街道很长，要避开日本人开的赌场和烟馆，那里彻夜亮着明灯。

啪！一本书轻轻飞过墙头，落在一户人家的院子里。虽然屋里黑着灯，但是，主人并没有睡下。听到熟悉的响声，主人悄悄起床，慢慢打开屋门，月影下，那本小册子依稀可见。主人拿到手中，上面果然印着"呼声"的字样。这是一本期待已久的刊物。主人回到屋里，拉紧窗帘，点亮小油灯，用被子遮住灯光，迫不及待地读起来。

"全世界被压迫的人们，团结起来！""毒刑拷打是太小的考验！""竹扦子是竹做的，共产党员的意志是钢铁！""万郊怒绿斗寒潮，检点新泥筑旧巢。我是江南第一燕，为衔春色上云梢。"

散发着油墨气味的小册子让屋主读得热血沸腾。受奴役的人们，到了觉醒的时刻！

顶着被砍头的风险在深夜里散发读物的，是中共党员牟铭勋。《呼声》是中共潍县中心县委的宣传刊物，创刊于1930年12月初，由潍县中心县委组织委员、宣传委员牟铭勋主办，不定期出版，每次油印三五百份，最多达一千余份。刊物于夜里印刷，印制完毕，装订成册后，由牟铭勋带头到坊子、潍县分发。他们采取塞门缝、扔进院的方式，将党的声音传播给居民。

觉醒后的中国人团结在一起,勇敢地加入革命队伍中。1932年,坊子铁路职工、煤矿工人在党组织的带领下,走上街头,把抗日标语、传单贴到大街墙壁、电线杆和火车上,在坊子街道上引起了轰动,也引起了反动当局的恐慌。

　　7月2日,反动当局开始大逮捕。坊子车站、工务段、车务段、机务段和附近煤矿单位的共产党员、群众四十多人被捕。经过刑讯,释放了二十余人,扣押了三人,有共产党员、铁路工人和煤矿工人。这天上午11点,国民党士兵押人登上从青岛开

坊子站

来的客车，工人和家属二百余人闻讯蜂拥进站。有人围住了火车头，有人横卧在钢轨上，阻止火车开车。火车司机见状，离开了驾驶室，站长也不发出发车信号。下午1点多，从济南开来的一列客车进站，见此情景，司机下车离开。火车司机们以实际行动支援了坊子铁路工人的斗争。火车停运，导致国民党军队不得不用汽车把被捕的人先押运到潍县，再押送到济南。在这次运动中，铁路工人李汝奎、张桂云、韩士琯等九名共产党员被杀害，党组织受到了严重破坏。

坊子的志士充分认识到反动派的嘴脸，化悲痛为力量，不退缩，不胆怯，勇敢地加入革命队伍中。革命是残酷的。1938年6月，牟铭勋回到潍县，并担任了潍县县委书记。同年10月8日，他去昌邑参加县委书记联席会议，返回途中，经潍河岔口时，被国民党逮捕杀害，年仅三十五岁。

（高玉宝）

（二）胶济沿线的抗日烽火

抗战时期，胶济铁路沿线发生了一个又一个惊心动魄的抗日故事。学生军训团和铁路工人伏击日军，张博大队突袭"国际列车"，铁路线上地雷战……像马功臣、冷芳吾、李兰溪，以及铁路调车员、胶济铁路武工队这样的胶济线上的英雄，演绎了一个个可歌可泣的故事，谱写了一曲曲抗击侵略的壮歌。一条不足四百公里的铁路，经历过多少血与火，承载着多少伤与痛，彰显着多少不屈和理想！

1. 矮槐树村伏击战

辛店矮槐树村胶济铁路旁边立有一碑，刻有"矮槐树村伏击战遗址"。

1937 年七七事变爆发后，日寇占领平津后向南长驱直入，10 月进犯至鲁北。在这民族存亡的紧急时刻，临淄爱国人士李人凤、陈梅川、崔栋生等在中共党员李曦晨的协助下，于 1937 年 10 月在县西关小学组建起一百二十人的青年学生抗日志愿军训团，是临淄地区抗日战争史上第一支抗日武装。在党的领导下，经过几个月的训练，这支队伍迅速成长，成为中国人民抗日武装队伍的后续力量。

1937 年 12 月底，占领济南的日军为策应日军从青岛登陆，企图迅速打通胶济铁路全线。胶济铁路一直是战争的生命线，占领胶济铁路，几乎等同于占领了山东半岛。1938 年 1 月 1 日，临淄青年学生抗日志愿军训团领导人李人凤、李曦晨从辛店火车站请来十多名铁路工人，又从军训团抽调十二人，组成破路小分队。铁路工人与军训团的战士一起，到矮槐树村南拆卸路轨十二条，以迟滞敌人的行动。

1 月 4 日，军训团得到日军由张店东犯的情报，李人凤、李曦晨于夜间率领一百余名战士，提前设好埋伏圈，在矮槐树和合顺店两村之间铁路旁的沟坎里、坟头边，忍受着刺骨的寒风，准备迎击到来的日军。此处地处险要，矮槐树东有三道大沟横穿胶济铁路，北有三片大古墓坟茔，向南顺沟经伏龙桥、凤凰桥直达山区，北沿乌河到路山，村南胶济铁路上还有四个涵洞，进则能攻，退则能守，是伏击日军的最佳地点。

次日晨，当太阳升起一竿子高的时候，日军先遣侦察分队三十余人，有的架着机枪，有的抱着步枪，分乘四辆路轨手摇巡道车沿铁路由西向东行驶。手摇车走得慢，日军警惕地向四周巡视。冬季薄雾冥冥，村舍里静得出奇。

当日军进入伏击圈，按照"关门打狗"的军事部署，他们先把日军放过去。日军到了铁路与南北大路相交路口（即现在的辛化立交桥位置）时，因钢轨被军训团提前破拆掉，无法继续前行，就下车准备抢修路轨。一队日军下车警戒，随时迎接突如其来的伏击。此时，在铁路沟北蒋家窑的临淄四区队马上

矮槐树村伏击战遗址

开枪射击。日军听到枪声就翻下铁路，趴在铁路南边的沟里还击。这时在辛店车站（原来的老站）的临淄县大队开始放枪，在双冢子（现辛店街西、合顺店东）的临淄三区队也加入战斗。

日军顺铁路南沟向西逃窜到大涵洞底下，利用涵洞掩护。日军的机枪、自动步枪火力凶猛，四区队被迫向北转移，日军趁机沿铁路沟继续向西逃窜，正好进入了军训团的埋伏阵地。李人凤令下枪响，埋伏在铁路南沟底的战士随即跃到沟上，四十支"汉阳造"向日军侧背猛烈开火。日军乱作一团，跌跌撞撞躲到了铁路北坡。有三名日军从铁路另一小涵洞蹿到了南侧，顺着壕沟向军训团开枪。埋伏在铁路南沟的战士也随即向日军侧背猛烈开火。日军不敢恋战，开始交替掩护着撤退。午后，日军援军赶到，但也不敢贸然前进，只是远远地射击。双方一直对峙到傍晚时分，日军援军才接应残部逃回张店。

这次战斗，击毙日军小队长吉田滕太郎，打死打伤日军十多名，缴获日军的路轨手摇巡道车两辆和指挥刀、手枪、子弹、军旗等战利品。军训团战士于景河在战斗中壮烈牺牲，李炳琦受重伤。此次伏击战揭开了清河平原抗日战争的序幕。未经战场的学生军在李人凤的指挥下，勇敢地与武器精良、不可一世的日军对垒，并初战告捷。这次胜利在周围地区的人民群众中传为佳话，极大地鼓舞了广大民众抗战必胜的信心。

（高玉宝）

2. 马功臣和他的特务大队

马功臣 (1891—1941)，原名马德胜，字功臣，今青州市朱家石羊村人。1928 年，三十七岁的马功臣不甘心这样蹉跎一生，便投奔占据青州驼山一代的土匪窦宝璋部，想实现自己"劫富济贫"的理想。时间一长，他越来越觉得这伙人不是"替天行道"的队伍，便寻机逃脱，回到家乡。后来他到东北谋生，又辗转流落到上海。

1938 年 1 月，马功臣从上海回到老家，参加了陈宝田拉起的抗日游击队，给陈宝田当上了警卫。不久，这支游击队被收编为国民党投降派王葆团的第六旅。不久后，马功臣离开了陈宝田的部队，回到了家乡。

1938 年 10 月的一天，马功臣童年时代的好友孟兆宽找到了他，并说："就凭你的好枪法，参加八路军才是一条光明大道呢！"马功臣听了孟兆宽的话，担心地说："好是好，就怕人家对咱不信任。"孟兆宽高兴地说："我就是奉命来接你的，咱们现在就走。"孟兆宽带着马功臣来到八路军三支队十团，团长李人凤热情接待了他，把他安排在团军需部，负责筹集军用物资。

1939 年 7 月，马功臣被任命为三支队特务大队大队长兼清河区募集委员会副主任。他们的主要任务是在淄河店车站一带，沿胶济铁路开展敌后工作。马功臣任大队长后，利用自己"跑得快、看得远、听得清、打得准"的本领，带领特务大队队员，深入农村，向群众宣传抗日救国的道理，动员群众参加

马功臣与十大队合影

八路军，同时募款和筹集各类军需物资。不久，特务大队就发展到二十多人。

驻守淄河店车站的汉奸分队长马树寰是个死心塌地为日寇卖命的家伙，经常派兵敲诈勒索百姓。为了惩治汉奸，给百姓除害，马功臣先是给马树寰写了一封警告信，送进淄河车站，但马树寰没有理会。于是，马功臣便派特务大队队员打进车站，同内线取得联系，监视马树寰的活动。两天后，马功臣接到马树寰要到饭店吃喝的消息，便带领三名队员，化装成送饭、担水的店伙计，直奔饭店而来。此时，马树寰和两名汉奸正在抽烟、喝茶，等着上酒菜呢。马功臣带领队员闯进屋里，四支匣枪对准汉奸们的胸口。汉奸们还想挣扎，四支匣枪同时开火，他们应声倒下。淄河店车站换了个姓赵的任分队长。他深知马功臣的厉害，上任后，主动与马功臣联系，表示愿意合作，并留下了联络暗号。

马功臣胆大，机智，枪法好，成了远近闻名的传奇人物。一天黑夜，马功臣只身一人从辛店东路过铁路，被四十多名日伪军包围。他沉着镇静，利用地形地物作掩护，弹无虚发，先后打倒几个敌人。敌人领教了马功臣的枪法，又弄不清他到底有多少人，只得收兵回营。于是，马功臣大摇大摆地过了铁路。

马功臣率领特务大队，很快在敌后打开了局面，活动范围扩大到南至朱崖山区、北至小清河边、东到益都县城、西到辛店火车站的广大地区。1940年4月，马功臣光荣地加入了中国共产党，被任命为清河军区特务大队队长。为加强特务大队的政治思想工作，领导还派了政治指导员。特务大队活跃在敌后，发动群众打击日伪军，筹集物资，打破敌人的经济封锁。

1940年冬，特务大队已发展到七十多人，包括一个长枪队、两个短枪队，号称"虎队""龙队"。一天傍晚，马功臣带领三名队员，前往马庄据点搞武器。他手提灯笼，刚接近据点，岗哨忙问："干什么的？"马功臣回答："听差的。"话音刚落，他一个箭步冲上前，迅速夺下岗哨的枪。一名队员留下放哨，一名队员冲进北屋，缴了敌人的枪。另一名队员跟随马功臣闯进东屋。东屋的十几名伪军把枪挂在墙上，正在"推牌九"呢！马功臣手持匣枪大喊一声："不准动！谁动就打死谁！"伪军们见黑洞洞的枪口对着他们，只得老老实实地将手举了起来。那名队员上前从容地将枪栓全部卸下，用皮带捆好，拎在手上，又命令伪军把枪扛到屋外。这次战斗，一枪未放，前后不到一个小时，俘虏伪军二十四名，缴获短枪一支、长枪二十四支、子弹两千余发、自行车四辆、照相机一部。

为了搞到根据地急需的物资，马功臣多次化装成商人，利用各种关系去青岛、潍坊、益都等地购买纸张、布匹、棉花、西药、燃料等，运到抗日根据地。1941 年春，马功臣率领特务大队，在玉皇庙村北的铁路上，用兵工厂自制的特大炸药包炸翻了两列日本军用货车，夺取了大批钢铁、建筑材料等物资。

1941 年 1 月 27 日，马功臣去郑家沟开会。由于枪械走火，他被击伤了左腿，队员们立即把他转移到辛庄养伤。3 月 13 日，因伤情恶化，马功臣不幸逝世，终年五十岁。

（古青）

3. 张博大队突袭"国际列车"

1939 年 4 月 30 日。夜幕刚刚降临，铁路线上静悄悄的。此时，胶济铁路干线（张店至博山线）的张博铁道大队正在奉命伏击日军的"国际列车"。

1939 年 4 月 1 日，日军占领的津浦铁路全线修复通车，日军大肆吹嘘"南北通车即可征服中国"。为了炫耀他们的"赫赫战绩"，日军特地在南满铁道株式会社定制了一列"最新式、最阔绰、最漂亮的列车"，名叫"国际列车"，车头上插着太阳旗，车上载着日本和外国记者，企图利用新闻媒体广造宣传舆论。4 月下旬，"国际列车"从北京开出。4 月 23 日，张博铁道大队接受了在泰安附近炸毁该列车的任务。张博铁道大队副大队长张文亭带领三十多人，从鲁村出发，一路急行军，于 4 月 30 日傍晚赶到东北堡车站以北地区隐蔽起来。等了一段时间，远处传来汽笛声，铁道大队依靠丰富的铁路专业知识，从时间判断这不是"国际列车"，而是"前遭列车"。所以队员们并未动手。

果然，过了一会儿，开过来的是一列铁甲车。因为此前日军曾遭受过多次袭击，所以对"国际列车"采取了特别严格的护防措施：前面有铁甲车开路，路基两旁撒上石灰，像白带子一样把铁路夹在中间，列车每走一段，就停下来检查铁路的状况。但是日军再狡猾，也斗不过张博铁道大队。铁甲车开过去后，张博铁道大队队员马上行动，有的挖坑，有的埋地雷，有的站岗警戒，有的安装导火索。在撤离铁路时，他们把准备好的石灰撒上，铁路线路上一切恢复原样。过了几分钟，"国际列车"开过来了。快到埋雷地点时，列车停了下来，跳下几个日本兵，打着明晃晃的手电检查路基。队员们非常紧张，担心被日军发觉。日本兵走了几步看了看，没有发现可疑迹象，列车继续向前开动。大家这才松了口气。列车开到爆炸地点时，随着一声震耳欲聋的爆炸声，三节车厢翻滚到路基下，列车顿时瘫痪。张博铁道大队的队员立即冲过去，把手榴弹扔进车厢里，炸死了全部随车日军，并向车上的记者散发抗日传单。这次炸毁"国际列车"行动有力打击了日本侵略者。从此，张博铁道大队在群众中名声大震。

张博铁道大队是中共党组织领导下的抗日武装。1938 年，山东人民抗日救国军第五军司令员廖容标在洪山小刘家庄召开大会，宣布成立第五战区职工抗日联合会。1938年5月，原张店机务段火车司机邹光中以第五战区职工抗日联合总会主任的身份，与中共淄川矿区区委书记张天民一起，在佛村的吕家祠堂成立胶济铁路职工抗日联合会。

张博铁道大队擅长通过"破袭战"打击日军。他们主要活动于胶济铁路张店、辛店、周村一带和张博铁路支线。队员们发挥铁路工人特有的技能和便利条件，配合八路军正规部队在铁路沿线扒路破轨、袭扰车站、炸毁桥梁，多次开展"破袭战"，有力打击日军和伪军。

1938年7月，在八路军配合掩护下，张博铁道大队和其他抗战队伍一起发动当地群众，一夜之间将张店至淄川间十二华里铁路扒毁，炸毁桥梁三座，使张博支线一个月不能通车，洪山煤矿的煤炭不能外运，驻洪山的日军给养断绝。日军下山抢粮，遭到八路军包围痛打。同年冬天，张博铁道大队在矿工支援下，用黄炸药制作爆炸物，派人到胶济铁路金岭镇和辛店，把爆炸物放在钢轨接头处，炸毁日军轧道车，炸死日军十人。

1938年创建的张博铁道大队，与其后成立的胶济铁道队、津浦铁道队、枣庄铁道队等一起，积极活跃在铁道线上，与日军英勇战斗，为抗战胜利做出了重大贡献，书写了抗战史上独特的光辉篇章。

（高玉宝）

4. 冷芳吾夜袭日军兵器库

1940年春天的一个夜晚，胶东火车站前只有一盏灯立在行车室门前。灯影里站着一个日本兵，他不时来回走动，将肩上的枪不断换来换去。车站后面村子里的狗叫了几声，然后，一切复归宁静。凌晨时分，月亮挂到西天，升起薄雾。日本兵有些困顿，抱着枪坐下来。几条身影迅速闪进车站旁边的仓库内，撬开了门锁，摸进仓库内，在墙角找到了五支枪、两箱子弹。几个人拿起枪，抬着木箱，消失在田野里。

第二天，日本人在仓库内发现了一个钱包，钱包内放着一张纸条，上面写着："毕鹤卿你干得很好，望今后继续努力。"日本守军头目坂垣看了这张纸条后，并未声张，但是毕鹤卿可吓得不轻，连忙向坂垣解释。坂垣心里清楚这是反间计，打算秘密核对笔迹，查出隐藏在内部的盗枪人。

不得不说，日本头目坂垣非常聪明。正在他秘密核对笔迹之时，车站职工冷芳吾等人已经不知去向……

冷芳吾是一个进步青年，早就打算投身于抗日队伍，自己拉起一个抗日武装小分队。日本军队占领胶州时，在胶东站设了一处警务分所，所长坂垣宽次郎是个阴险狡猾的人。日本人经常到周围的村庄杀人放火，无恶不作。前几天，他们从姜黎川部缴获了长短枪五支、子弹两箱，放在车站仓库内，没想到走漏了风声。

冷芳吾当即与车站负责做饭的青年徐志忠、农民丁风文等人密谋了盗枪计划，并故意在现场留下了一个钱包。

通过此事，冷芳吾等人充分认识到斗争的残酷性，稍有不慎就会落入敌手。于是，他们开始小心行事。为进一步打击日本人气焰，冷芳吾等人计划利用手中的枪捣毁坂垣驻所。

机会来了，胶东大集要上演秧歌会，届时车站驻守的日本人会到集上去凑热闹。如果坂垣去了，就在集上动手。为了避免伤及无辜，他们商量好化装前进，尽量靠近敌人，由枪法好的丁凤文主攻，要做到一枪毙命。如果坂垣不去，就在车站动手，也由丁凤文主攻。

中午，大集上的秧歌队正式开始表演，敲锣打鼓，鞭炮齐鸣，车站上不值班的人都跑去看热闹了，只有坂垣和另一个日本人在房间里留守。负责打探消息的徐志忠借到坂垣房间里送水的机会，探明情况，对藏匿在伙房里的丁凤文讲明了细节。

丁凤文按计划，直接推开坂垣的屋门，不等他们反应过来，即扣动扳机。几声枪响，丁凤文迅速撤离现场。枪声夹杂在街上的鞭炮声中，并未引起任何人的注意。此次行动取得成功，胶济铁路工人冷芳吾等人以实际行动捍卫了中国人民的尊严。

（高玉宝）

5. 调车员解救劳工记

抗日战争期间，日本侵略者在山东等地先后以诱骗、强征、抓捕等手段，有目的、有计划地抢掠输出或就地奴役中国劳工。由于山东青岛是重要交通枢纽，所以日本侵略者在此处建立了

日军抢掠中国劳工

庞大而严密的劳工掠运组织体系，便于向日本及中国东北地区转运劳工。

　　长年对外侵略，让日本丧失大量年轻劳动力。于是，中国年轻男性成了他们瞄准的目标。1942 年，日本内阁会议通过了《关于将华人劳工移入日本内地的决议》。从此，四万多中国劳工开始了人间炼狱般的生活。战场上的战俘、老百姓家里半大的男孩都是日军强掳东渡的目标。日军将中国劳工强押到码头，用刺刀和枪对准他们，反抗者必血溅当场。

　　日本侵略者在青岛设置的劳工机构分布广泛，掠运劳工的组织体系也随着战争形势的发展而变化。最初，他们有的负责招募，有的负责运送，构成了一个庞大的决策、募集、甄别、输送体系，到后期，更是形成了便于操作的一元化体系。日本侵略者曾先后设中国黄道会劳工福利局、立大东公司青岛办事所、山东劳务公司、满洲劳工协会青岛办事处等劳工招募机构，以及把头协会等苦力供给公司，劳工训练所等劳工训练管理机构。日军的"劳工协会"把被捕的中国工人农民运送到日本、中国东北等地充当劳工，从事开矿山、修军事基地等工作，许多劳工被折磨虐待致死。"劳工协会"在青岛共有汇泉体育场、铁山路85号和大港4号码头等三处囚禁劳工的地方。大港4号码头有几个大仓库，四周密布铁刺栅和电网，这里就是一个囚禁劳工的集中营。这个集中营有一条铁路穿过，青岛埠头站的机车车辆每天要向这个集中营送几十车铁矿石，由这里的劳工卸车。

夜晚，青岛埠头站的调车员将空车拉回，途中常有逃出虎口的中国劳工的身影，调车员便偷偷将他们藏起来，待火车行至远处后，再帮助他们逃跑。调车员每次都能帮助三五个中国劳工成功逃脱，最多的一次达七八人。帮助中国劳工，一度成为车站调车员的约定。一旦在值班中发现有机会帮助劳工逃脱，每个调车员都会非常机智敏捷地出手相救。

有一次，两个从日军衣粮厂逃出的劳工被日军发现后鸣枪追赶，刚巧一个调车组在衣粮厂门外调车，调车组工人们就让这两个劳工藏在车厢里，救了他们。青岛埠头站铁路工人说："只要不是汉奸特务，中国人和中国人就是一条心。只要有一点办法，我们就要解救自己的弟兄。"

（高玉宝）

6. 胶济铁路武工队

为打击日本侵略者，根据中共中央山东分局和山东省总工会的指示，胶济铁路沿线各区党委在 1943 年相继成立了铁路工委和武装工作队。

1943 年 8 月，胶东军区十五团敌工股长滕少锋带领八人组成武工队，到胶县北部发动群众，开展铁路沿线的抗日斗争。9 月，胶东区党委、胶东军区从党政军机关抽调一百多名干部，组成四个武工队，以加强各军分区的工作。其中，原南海地区武委会组织训练部部长姜世良带领三十二名干部到胶县北部开展工作。11 月，经胶东军区和南海军分区批准，滕少锋、姜世良所率领的两支武工队合编，组成胶济铁路武工队。胶济铁路武工队队长为滕少锋，副队长为姜世良，政委为孙民夫。武工队下设三个分队，主要承担三个方面的任务：一是武装自己，了解敌情，破坏铁路，打击和瓦解敌人；二是在青岛至潍县的铁路沿线发展组织机构，做好日军投降后接管铁路的准备工作；三是开辟胶东至鲁南的交通线，确保胶东区与山东分局、滨海区等来往人员安全通过胶县与姚戈庄之间的铁路线。

胶济铁路武工队以胶县北部的前屯、后屯一带为基地，在大店、蓝村、高密北乡一带，沿铁路开辟交通线，展开对敌斗争。他们多次以游击小组的灵活战术，通过化装夺枪擒敌等方式，巧妙地武装自己，打击日伪势力，协助地方改造伪政权，瓦解敌伪军，深得人民群众拥护。同时，胶济铁路武工队自身不断发展壮大，从开始的几十人几支枪，发展到抗日战争胜利时的三百人，人人有枪。

胶济铁路武工队积极开展武装斗争打击日伪军。一是袭击张鲁集伪军。张鲁集是高密东部的一个大集镇，驻有伪军张竹溪部的一个大队。1943年12月，胶济铁路武工队副队长姜世良带领四名队员，乔装打扮，在张鲁集击毙两名伪军，缴获短枪两支。

二是攻打夏庄伪军。1944年9月，胶济铁路武工队和胶县、平东县、平南县大队，铁路支队，高密武工大队配合主力部队胶东军区第五师第十五团等，攻打驻夏庄的伪军张竹溪部。这场战斗持续一夜，歼敌五百余名，缴获武器四百余件，沉重地打击了高密北部日伪势力。

三是伏击马店日伪军。马店据点伪军的中队长"肖五猴子"平日欺压百姓，引起极大民愤。群众纷纷要求除掉这个罪大恶极的汉奸。1944年5月到6月间，胶县县城的日军两百人分三路向胶县东北方向"扫荡"，马店的伪军中队也随日军一起进行"扫荡"。胶济铁路武工队得知随日军"扫荡"的马店伪军中队从闸子据点返回的情报，来到瓦丘埠打伏击战。这次战斗，共俘虏伪军九十余人，缴获步枪八十余支。"肖五猴子"被当场活捉，马店据点伪军中队被消灭。

四是取得麦丘伏击战的胜利。1945年3月11日，胶济铁路武工队和胶县独立营、青岛工人大队在麦丘伏击平度南村据点出犯骚扰群众的日伪军。被围困的日伪军凭借有利地势负隅顽抗。战斗持续到下午，南海独立团七连火速前来增援，用掷弹筒轰击被困日伪军，最终取得胜利。这次战斗，击毙日军分遭队队长及日兵五人，俘虏日兵六人、伪军四十一人，缴获轻机枪一挺、掷弹筒一个、步枪四十八支、短枪一支、望远镜三个、子弹八百余发，缴获其他军用物资一宗。这是日军实行重点配备后，南村据点日伪军配合日军出犯骚扰受到的一次重大打击。麦丘伏击战极大震慑了日伪军，当时被人们誉为"胶州的平型关大捷"。

五是建立武装交通线。1943年之后，秘密交通线已不能适应战略反攻的需要，随着地方抗日武装的建立，秘密交通线转变为武装护送。跨越胶济铁路南北的武装护送任务，由胶济铁路武工队和胶县独立营、南海第一武工队承担。这条交通线多次完成护送干部过路、传递秘密文件、转送军用物资等任务，从未遭受任何损失，被誉为"钢铁交通线"。

1944年5月，胶东抗日根据地两百余名干部，由区党委社会部部长于克带队前往山东分局驻地。这批干部携带大量黄金，护送任务十分艰巨。为完成这一任务，姜世良、董洪运率领部队，趁着夜间从靠近姚戈庄车站处通过铁路。当护送部队在洋河崖村外与六八六团八连交接时，被伪军张鸿飞部发觉并包围。为掩护被护送人员，确保这批干部安全到达山东分局驻地，姜世良、董洪运率队与张鸿飞部血战到黄昏，打退了敌人一次又一次进攻。他们在黄昏后突围脱险，在敌占区行进七十余里，于翌日拂晓赶到胶济铁路沿线。铁路沿线的日伪军发现有部队路过，机枪、小炮一齐开火。由于战士们穿着不久前才换上的新军装，敌人分不清是不是主力，始终不敢离开炮楼一步。此次行动后，日军非常恐慌，全城戒严三日。

胶济铁路武工队出色地完成了摸清敌情、建立交通线的任务，并有力打击了敌人，为抗战胜利做出了重要贡献。

（高玉宝）

7. 李兰溪巧夺"舌头"

李兰溪是活动在胶济铁路沿线淄川一带的武工队队员。

1943 年春天，为了有效打击胶济铁路沿线日本军据点，李兰溪在战前会议上提出要弄几个日本兵"舌头"回来，弄清日军据点的情况，可以根据情报出击。这一计划得到了队友们的支持。但是，在日本人的眼皮底下抓人，可不是简单的事儿，弄不好就会造成牺牲。但是，也不是没有可能，只要经过周密的计划，抓个日本"舌头"还是可行的。于是，李兰溪选中了矾硫庄据点。矾硫庄与普集、王村构成三角形，是日伪军进山"扫荡"的必经之地。矾硫庄东头建有钢叉楼子，是矾硫庄敌据点的关卡。李兰溪一行三人接近矾硫庄敌据点时，已近黄昏。三人不慌不忙慢慢走向前，前面的队员以卖猪胰子为掩护，李兰溪与另一个队员扮作农民跟在其后。此次行动以李兰溪为主攻，因李兰溪从小习武，而且胆大心细。为了不引起日本兵的大反击，他必须出其不意，速战速决。

日本兵警觉地抬起枪让他们三个人站住，开始盘查。李兰溪等人不慌不忙，慢慢走到日本兵面前。趁日本兵不注意，李兰溪一个箭步蹿到日本兵身侧，一只手将其拦腰抱住，另一只手用毛巾捂住了他的口鼻，以防他大呼救命。另两个队友强行将日本兵的长枪抢下。不料，日本兵混乱中拉开了腰间的手榴弹引线，发出阵阵白烟。情急之下，李兰溪飞身将日本兵摔倒，抽出手榴弹扔了出去。手榴弹在空中爆炸，炸伤了李兰溪的手臂，日本兵的肚皮也被弹皮剐开了一条大口子。李兰溪强忍疼痛，拉起日本兵就跑，身后果然响起枪声。夜色降临，日本军队不知来者何人、多少人马，并未追击。李兰溪拖着受伤的日本兵到会合地，用大衣为他做了简单的包扎，又用皮带将伤口扎住。接应的武工队队员们抬起日本兵消失在夜色中。

日本"舌头"叫小林，前些天家里来信称已经无米下锅，而且妻子很担心他的安全，他也早就厌倦了战争，只是做逃兵会被处死，只能硬扛着一杆枪。刚才李兰溪袭击他，小林抱着同归于尽的心理拉响了手榴弹，没想到被李兰溪救下，而且得到了医治。队员们喝玉米面粥，却让他吃荷包蛋和细粮。小林很感动，将几处据点的情况都向李兰溪做了说明。根据小林的情报，李兰溪和武工队的战友们成功拿下了矾硫等据点，有效打击了胶济铁路沿线日军的嚣张气焰。

（高玉宝）

8. 胶济铁路工作队接收据点的故事

日本宣布无条件投降后，为了迫使日寇缴械，南海军区命令铁路支队积极活动，展开攻势，并派政治部敌工股股长王子阳同志常驻铁路工委配合做瓦解工作。八路军总部要求日寇向我各地驻军缴械投降的命令一发布，胶济铁路胶东区办事处马上向各据点送达。

在驻芝兰庄车站附近的一个据点，胶济铁路胶东区办事处强迫日军一个小队向我军投诚缴械，当面向日军宣布要遵守我政府法令，不抢劫当地人民财产，不妄动一草一木，不危害据点附近的安全。否则，附近的驻军胶东军区独立第五师、铁路支队将拔除这个据点，给他们以歼灭性打击。

迫于我军的声势，再加上由青岛前线调来的在华日人反战同盟胶东支部副支部长小林同志与王子阳一起到据点送来日语传单，宣传我军政策，日军急忙以军礼列队迎接。

王子阳同志将日军小队长带到一所祠堂内，小队长当即缴出手枪一支，表示真诚遵守法令，不扰民，愿以其据点掩护我军铁路沿线工作的开展，阻止国民党姜黎川部及其他区乡小股匪徒的扰乱；还表示必要时可配合铁路支队打击小股土匪，维持铁路两侧的秩序。他说，他是小队长，大枪是有数的，未奉上级命令，不敢自行上缴，只能缴一支手枪，以表示内心的真诚。当夜，刘香芝政委指挥铁路支队一部打击来扰乱的国民党姜黎川部军队。国民党军队一经接火就遵照他们与日军勾结反共的旧约，进入据点，求其掩护。日军果然开了重机枪，把逃入据点附近的国民党军队击溃。当日下午，王子阳同志第二次向日军送达命令，要求他们及早缴械，他们又上缴日造手枪一支。

这是胶济铁路工作队对日寇单纯用政治攻势，不战而屈人之兵取胜的事例之一。

（袁　超）

9. 胶济铁路地雷战

1962 年，一部电影《地雷战》在全国引起轰动，与《地道战》《南征北战》并称"三战"，成为几代人的记忆，也让山东海阳"地雷战"的故事闻名全国。如今，坐落在海阳的地雷战纪念馆详细记录了那段历史。大家有所不知的是，海阳地雷战的爆炸声，一度也在胶济铁路上响彻。

1945 年 5 月 18 日，山东海阳县行村镇赵疃村共产党员赵同伦接到情报，驻守在镇子里的日军要出据点"扫荡"。拿到路线图的赵同伦赶紧组装他的秘密武器，和村民一起连夜给日军布下"不归阵"。当时的日伪军已经被海阳一带的地雷阵吓破了胆，扫雷器随身带，恨不得上趟厕所也带着。可是，地雷实在太多，假雷也太多了。为了节约时间，扫雷器一响，日军就会将随身带着的白石灰在疑似有雷的地方撒一圈，提醒后来人注意。

海阳人民的地雷实在是太密集，一条路上往往撒满了一圈一圈的白灰，日军像跳房子一样在路上跳来跳去，生怕一不小心就踩了雷。

当晚，赵同伦带领民兵在村里村外布下了地雷阵。这一次，赵同伦不在路上埋雷，专找让人意想不到的地方埋。村民看到路上左一个右一个的白圈，禁不住偷偷笑起来。清晨，村北的小树林里果然响起了爆炸声，紧接着十字街口也传来了"箱子雷"的爆炸声。此次用雷，全是石雷，就是赵同伦他们自己动手用石头蛋子做的土地雷。但是，土地雷的威力可不小，只这一次，地雷阵共炸死炸伤十六名日伪军，炸死战马一匹。敌人非但没抢着粮食，反而抬着尸体逃回了据点。

同月，赵同伦受胶东军区委派，到胶济铁路沿线的蓝村一带，配合南海独立团作战。他和当地民兵一起用地雷加炸药，爆破炸毁日军用来运输物资的铁路，致使日军铁路运输长期中断。赵同伦被称为"爆炸大王"，经验丰富。铁路不好炸，炸毁了也很容易修复，用不了几个小时，新的道床修好，枕木一排，新钢轨一放，道钉钉上，照旧通车。要造成长时间不能通车，就得动脑子。赵同伦发现，只有在桥梁上、夹口处，或者不容易抢修的地段安放地雷才能达到预期效果。于是，他同民兵一起，摆放连环雷，重点钢轨接头处分方向安装不同地雷。这样，火车一来，触发了地雷阵，火车掉桥下，钢轨飞天上，不同方向的地雷造成钢轨多方向受力，钢轨变成了麻花。弯曲的钢轨取直不易，炸毁的桥梁更是一时半会修不了，这才能达到预期效果。

炸响在胶济铁路的地雷，破坏了敌人的交通线，有力地打击了日本侵略者。

（高玉宝）

（三）解放胶济线

1945 年 9 月 2 日，日本签署无条件投降书，中国抗日战争胜利结束。山东军民迅速占领了胶济铁路沿线，即墨等地组织百姓平毁了日寇修建的护路沟。然而，国民党发动全面内战之后，意图打通胶济线，我胶东军区、渤海军区进行了壮烈的胶济铁路东段、西段保卫战，涌现出魏来国、刘奎基这样的战斗英雄。在国民党军的分割和封锁下，山东成立了武装起来的特殊通信队伍——胶济铁路武交队。战略反攻阶段，我军发起了"横扫胶济路"的战役，胶济铁路沿线回到人民的手中。

1. 占领胶济铁路

1945 年 8 月 12 日，在知悉日军即将投降的消息后，中共中央向各中央局、中央分局及区党委发去指示电《中央关于必须力争占领的交通线及沿线城市的指示》，列举了我军必须力争占领的重要交通线，其中就包括胶济铁路。

争取占领胶济铁路，其目的在于发挥八路军在山东的军事优势，抢先控制山东的交通命脉，以巩固和扩大根据地，在日后与国民党的政治、军事斗争中占据有利位置。

此时，中共中央已经预见到，美军可能在青岛登陆，以帮助国民党占领青岛，并借助青岛港口运输国民党军队，帮助其与中共争夺山东内地。这一判断是非常准确的。为了应对这一复杂情况，毛泽东指示山东八路军务必占领胶济铁路东段，以切断青岛与山东内地的交通运输线，阻止国民党军队侵入我根据地及新占领地区。

按照中共中央的指示，在日军投降前后，八路军胶东军区作战部队分为五路大军，向山东的日伪军发动反攻。第二路北线部队于8月17日解放了胶县等地，保障了向青岛进军的第三路大军的侧翼安全，切断了胶济铁路东段。第三路胶东南线部队主力分左、中、右三路向青岛进军，右路于8月14日至22日攻克高密县城以北各据点，炸毁沽河、密河铁桥，切断胶济铁路；左路于8月16日攻占即墨以东的鳌山卫和窝洛子；中路于8月17日控制崂山地区各要地，旋即挥戈南下，占领距青岛市仅十五公里之老虎口，20日占领流亭机场和城阳车站，与第二路大军形成了东西夹击之势。

但是，国民党在青岛的地方游击武装勾结日军，顽固地阻止胶东八路军占领青岛。随后，正如之前所预见的，美军在青岛登陆，帮助国民党运输军队到青岛，并试图打通胶济铁路。围绕胶济铁路的控制权，中共与国民党之间展开了一系列的政治、军事斗争。

直到1946年初冬，国民党军第二绥靖区司令官王耀武率全副美式装备的重兵进入山东。他指挥五个军（整编师）十五个师（旅）分别由济南、潍县、青岛沿胶济铁路东西对进，才打通了胶济、津浦两线，国民党军事力量方在山东省暂时占据了主动地位。

2. 即墨平毁胶济铁路护路沟

1941年，为了维持胶济线的铁路交通正常运行，并阻止我抗日武装的行动，驻扎在即墨蓝村、南泉等据点的日寇迫使铁路沿线四十华里之内的群众在铁路两侧各挖了一条一丈余宽的护路沟，耗时五个多月。

挖沟时，监工日军残暴无常，常拿民工的生命取乐。他们随便开枪射击挖沟群众，每天有数十名无辜良民死伤，其状之惨，令人目不忍睹。蓝村五里村村民潘述治挖沟时，一名监工日本兵将他叫上来，先是毒打一顿，然后让他转过身去，一声枪响，将其击毙。范沟疃村农民郑会祥被日军强拉去挖护路沟，因患病支持不住，在地上稍坐了一会儿。监工的日本兵看到后，先将他毒打了一顿，然后逼他自己挖坑跳下去站着，再威逼其他民工向里填土。当土埋到胸口时，郑会祥面色发紫，呼吸微弱，日本兵才大笑着离去。民工们急忙将其救起，人虽活了，却落下终身残疾。

最终，日军使用残酷毒辣的手段，抓民夫，拆房掘墓，挖成一丈余宽的大沟，损坏农民土地约有两万亩之多。铁路两侧之群众每见到护路沟，都义愤填膺，恨不得立刻平毁。但因敌人残暴，只能一直忍怒含愤。

1945年日寇投降时，护路沟尚未平毁，仍然影响着群众的交通和生产。1946年3月16日，即墨县人民政府（当时驻地设于移风店）颁布了平毁胶济铁路护路沟的布告，号召沿线群众立即行动起来将沟平毁，以恢复交通，发展生产。布告中说："今当敌人投降、和平实现、恢复交通、发展生产之际，平毁此沟实为今日之急务。希我铁路两侧之群众，应以奔雷掣电之行动，申冤复仇之精神，一呼百诺，风起云涌，立即平毁此沟，既能恢复生产，又能便利交通，实为两全其美之事。"

3月18日，此布告即印发并张贴到铁路两侧各村。19日，各村立即召开了村民大会，进行了深入动员。广大群众欢欣雀跃，奋起响应。当天晚上，各村就组织起了浩浩荡荡的平沟大军，一夜之间就把从流亭到蓝村火车站达八十多华里长的大沟填平。

（刘熙唐）

3. 胶济铁路东段保卫战

1946年6月，国民党悍然撕毁《停战协议》，发动全面内战。山东为国民党军全面进攻的重点地区之一。蒋介石亲抵济南，主持召开军事会议，策划进攻山东解放区，部署打通胶济路，切断我南北联系，企图一举消灭山东解放军。会后，第二绥靖区司令王耀武调集重兵压向胶济路，以十二军、七十三军、九十六军东犯，以在青岛登陆的五十四军西进，与驻昌潍的八军东西对进。6月23日，济南、潍县、青岛等地的国民党军队沿胶济铁路从东、西两个方向同时向解放区发起进攻。

为挫败国民党军的战略意图，华东局和新四军兼山东军区确定：山东野战军第一纵队、鲁中军区、胶东军区、渤海军区等部，在胶济铁路东西段分别迎击进犯之敌，鲁南军区部队迎击进犯台儿庄、枣庄地区的国民党军队。

胶济铁路东段作战历时长，战斗多，困难多。战斗中涌现了许多感人的事迹，可谓英勇悲壮。刚进入6月，中共胶东区委和胶东军区就带领全区军民，围绕胶济路东段干线地区，同国民党军队进行了激烈的战斗。6月7日，许世友、林浩指挥胶东军区主力部队和滨海军区第一军分区部队，在胶济路东段反击国民党军的"蚕食"和偷袭，于9日攻克胶县城，13日攻克高密县城，16日攻克即墨县城，还拔除了南泉、蓝村等国民党军队的多处据点，歼敌近万人。

从6月下旬开始，国民党军队向胶济铁路沿线展开大规模作战，驻青岛的国民党军队沿铁路向西进犯，企图与驻潍县的由西向东进犯的国民党军队会合，打通胶济铁路东段，进而占领整个胶东半岛。鉴于此种情况，胶东军区部队实施机动防御作战，一方面发动群众破路毁桥，一方面阻击杀伤敌人。7月2日，胶东军区部队主动撤出即墨县城。这次阻击战历时十一天，歼灭国民党军四个营计一千五百余人。

国民党军重占即墨县城后，倾全力沿胶济铁路向胶县、高密地区进犯。7月4日至5日，胶东军区第六师一部在南泉火车站对敌军展开阻击战。战斗中，排长魏来国在两天中以125发子弹毙伤110个敌人，战后被山东军区授予"射击英雄"称号。国民党军队占领南泉后，于7月10日攻陷蓝村，12日又攻陷了胶县县城。

胶东军区部队在胶济铁路东段的保卫战，于9月27日全面展开。28日，国民党军抢占了胶东军区即墨城北线的灵山阵地。灵山是通往胶东腹地莱阳的门户。灵山失守，直接威胁着胶东军区部队在胶济铁路作战的侧后安全。10月2日，胶东军区第五师奉命反击灵山之敌，夺回灵山。10月7日，国民党军向胶河一线胶东军区部队阵地发起连续进攻，企图强渡胶河，攻取高密。担任胶河防御任务的胶东军区第六师一部与滨北军分区地方武装奋勇阻击敌军的进攻。战斗中，某部第九连第一班的八名战士扼守在胶河铁路桥头，迎击优势装备的敌军一个连的进攻。他们顽强地与敌人激战九个小时，最后全部壮烈牺牲，后来被誉为"胶河八壮士"。9日，国民党军突破胶东军区的胶河阵地，抢占了高密县城。10日，由于敌我力量悬殊，敌军占领了胶东军区部队的蔡家庄一带阵地，整个胶济铁路全线已为国民党军所打通。新四军兼山东军区考虑到继续与国民党军在高密一带作战已无意义，遂令胶东军区部队撤出战斗，进入休整。

从6月23日至10月10日，胶东军区部队发起的胶济铁路东段保卫战，共歼敌一万余人，粉碎了国民党军"半个月打通胶济铁路"的狂妄计划。

4. 胶济铁路西段保卫战

在大举进攻胶济铁路东段的同时，国民党第二绥靖区司令官王耀武令其第十二、第七十三、第九十九军从济南向西，第八军从潍县向东，实施"东西对进"，以张店为中心，向胶济铁路西段解放区发起进攻。1946年6月26日，华东局和新四军兼山东军区决定，渤海军区主力部队从津浦线转移到胶济线，协同鲁中、胶东军区部队，阻击与消灭由济南东进和由潍县西犯的国民党军队，坚决粉碎敌军的进攻。

7月上旬，国民党军第八军第一〇三师进占益都县李官庄，渤海军区警备第七旅第十四团奉命配合鲁中军区第四、第九师阻击敌人。当晚，第四师对李官庄之敌发起攻击，警备第十四团在李官庄以南打援。激战整夜，痛击敌人后，主动撤出战斗。与此同时，警备第七旅第十三团在西面运动战中，阻击济南东进之敌，经多次战斗，迟滞了敌军的进攻速度。

渤海军区主力部队得知国民党军第三十六师第一〇六团及济阳县大队重占济阳城后，决心趁敌远离后方增援困难，且未来得及构筑坚固工事之机，歼灭该敌。7月16日22时战斗发起后，军区特务一团三营率先由西门突破城池，接着一团二营又从南门突破。战斗中，三营七连排长李学文带领全排与占优势之敌展开激烈巷战。该排与敌人反复冲杀两小时之久，予敌以重大杀伤，但全排战士也壮烈牺牲。17日凌晨，由于敌人全力反扑，攻城部队被迫撤出，重新调整部署，继续攻城。战斗最激烈的时候，排长李志业带领全排战士在东大街用手榴弹开路，反复冲杀二十多次，占领了两个院落。但这时敌人的机枪封锁了东门突破口，后续部队受阻。李志业端起机枪，爬上屋顶，以猛烈的扫射压制住敌人的火力，掩护后续部队冲上来，自己却不幸中弹牺牲，为人民的解放事业献出了年轻的生命。攻城部队在为战友报仇的喊杀声中越战越勇，至当日18时，将残敌压缩在城内西南和西北两处墙角。一阵混战过后，残敌大部被歼，小部突围逃窜。整个战斗遂告结束。济阳之战，歼敌一千二百余人，给进犯之敌以毁灭性的打击，策应了胶济路保卫战。

国民党军队在付出重大代价后，于7月下旬打通了胶济路西段，先后占领了胶济路以北的济阳、齐东、邹平、临淄、寿光等县城。从8月中旬开始，渤海军区集中兵力在胶济路北侧对进犯之敌展开反击。为适应战争形势的需要，渤海军区奉命组建了山东野战军第七师。10月中旬，根据新四军军部兼山东军区机关的命令，正式成立渤海军区前方指挥部，渤海军区副司令员宋时轮任指挥，周贯五任政治委员。

8月19日晚，山东野战军第七师对邹平守敌发起攻击。攻城部队在扫清了敌军的外围据点后，于20日晚向守敌发起总攻。第二团三营首先突破了东门。接着，西门也被攻城部队突破。攻城部队在城内与敌人展开激烈巷战。经过大半夜拼杀，守敌被全部歼灭。国民党军不甘心失败，于8月28日向山东野战军第七师大举进攻。山东野战军第七师在邹平县旧口地区进行坚决反击，激战彻夜，至拂晓主动撤出战斗。国民党军独立第十师在师长李恺荣指挥下重占邹平城。国民党军重占邹平后，抢修工事，加强防御，并自恃全部美式机械化装备，企图固守该县城。为打击国民党军的嚣张气焰，挫其锐气，渤海军区决定再次收复邹平城，命令第七师攻取之。10月1日晚，第七师在警备第十一、第十四、第十七团和第三军分区武装配合下，再次发起攻取邹平城的战斗。第七师第一团从西门进攻，第二团从东门进攻。至2日黄昏，第一团首先突破了西门。继而，东门也被突破。城内守敌在解放军东西夹击之下死伤惨重，坚持不久便土崩瓦解，人民解放军再次夺取了邹平城。战斗结束后，陈毅传令嘉奖作战有功的指战员。延安《解放日报》就渤海部队三打邹平发表了《山东我军光复邹平》的消息和《半月三捷》的评论，赞扬渤海军区部队坚决执行中央军委和毛泽东的作战方针，取得了自卫战争的辉煌胜利。

奇袭齐东县城，是渤海军区部队的又一次漂亮的战斗。11月上旬，山东野战军第七师转移途中，得知国民党军队误把萧锋率领的部队当作渤海军区主力部队。廖容标、周贯五等立即抓住战机，命令萧锋部佯攻寿光城，以吸引国民党军主力部队；廖容标、周贯五等则率第七师主力等部出其不意，长途奔袭，攻打齐东城。齐东城内的守军是国民党山东警备第一旅第一、第二团及地方武装刘三元部，共三千余人。11月12日17时，第七师乘敌不备，突然发起总攻，一举突进城区。惊慌失措的国民党军队从城西突围逃窜，结果被全歼于郊外。整场战斗仅用了两个小时。战斗击毙敌旅长李毅民，俘获全部人员和武器装备。齐东战斗的胜利，引起了各路进犯之敌的惊慌。16日，桓台索镇、寿光等处的敌军在解放区各县区武装的打击下，撤回胶济铁路沿线。

邹平、齐东战斗的胜利，打破了敌人"双十节前打通胶济线"的如意算盘，王耀武的"十五日内消灭渤海共军主力"的企图也随之化为泡影。

5. 射击英雄魏来国与南泉火车站战斗

魏来国，1925年11月出生于山东省荣成市东山镇干占村。他幼年时家贫如洗，父亲身体不好，姐姐被卖作童养媳。魏来国十二岁就开始给地主家当长工，后来他从地主家跑了出来，去学泥水匠。

抗日战争爆发后，他的两个叔叔都参加了八路军，年仅十四岁的魏来国也报名参加了当地的青年抗日先锋队。十六岁那年，魏来国毅然参加了八路军石岛大队，之后又加入了中国共产党。从此，魏来国便跟着党领导的人民军队四处征战，正式开启了他的革命生涯。

1946年胶济铁路东段保卫战打响之时，魏来国任山东军区警备第四旅八团射击队排长，随部在南泉车站以东的蓝格庄阻击敌人。南泉车站位于胶东半岛三条铁路的交会处，具有很高的战略意义。占领此地就意味着在很大程度上控制住了胶东半岛的交通枢纽，敌人想要占领此地，就必须越过蓝格庄的我军防线。

这天早晨七点半左右，敌人猛烈的炮火突然而至，他们的目标很明确——位于蓝格庄西边的战壕、工事。顿时间炮声骤起，火光冲天。炮火覆盖结束后，敌人两个连的兵力开始向我军阵地发起进攻。魏来国趴在掩体上，观察了一下敌情后，便举起手中的枪，不慌不忙地向敌人瞄准射击。他射出的子弹就好像长了眼睛一样，每一颗都准确打在敌人的身上，一枪一个，转眼间就击倒了十多个敌人。我军战壕前一百多米内，已经成了一个名副其实的"死亡禁区"，几乎每一次枪响，都会有一个敌人在冲锋时倒地。

为躲避神射手的射击，敌人的进攻队形逐渐分散开来，并拼命往附近的庄稼地里钻。然而，此举并不能很好地掩护他们进攻，魏来国仍然是弹无虚发，几乎每一声枪响都会伴随着一个敌人的倒地。很快，敌人就发现了魏来国，于是便立即组织一批射击能手集中火力，朝着魏来国射击。但魏来国毫不畏惧，在敌人向他进行密集射击时，他就静静地趴在战壕中，等到敌人枪声稀疏后，又举起枪射击。

敌人的进攻一波接着一波。尽管还能顶得住，但魏来国深知，这样打下去不是办法。稍加思索后，他突然计上心头，下令全排战士摘下军帽，挂在玉米秆和步枪通条上，然后将它们插在地上，用来迷惑敌人。这招果然有效，敌人看见这些戴着帽子的"士兵"，纷纷集中火力射击。这样一来，原本聚集在魏来国这边的火力就分散了。他不慌不忙地继续压弹、射击，再压弹、再射击……动作有条不紊，敌军出现一个，就倒下一个。打到最后，敌人再也不敢轻易冒头了，但东躲西藏，也只有挨打的份儿。就这样，我军成功阻止了敌人进犯的脚步！

据战后统计，此次阻击作战，魏来国一共射出 125 发子弹，击毙了 110 个敌人。很快，这个消息就传遍了警备四旅。不久后，旅长亲自下令提拔魏来国为七十七团四连连长。战后，魏来国被山东军区授予"射击英雄"称号。

然而，此次作战，只是魏来国"小试牛刀"的一战而已，在接下来的战斗中，魏来国又带领部下取得了一个个辉煌的战绩。

6. 刘奎基与胶济线芝兰庄战斗

战争时期，胶济铁路一直都是兵家必争之地。高密境内的芝兰庄火车站也不例外。日占时期，火车站上就筑有炮楼，铁路沿线都有重兵把守。1946 年 7 月，"华东一级战斗英雄"刘奎基参加了山东胶济铁路芝兰庄战斗。

刘奎基 1927 年出生于山东蓬莱，幼年随家人闯关东到了东北，在沈阳一家钟表厂当学徒，白干了四年不说，期满还遇上了日本人抓壮丁。工厂被抓去五六个人，他在晚上跑了。逃跑后的刘奎基昼伏夜出，一站站扒火车往山东赶。那时胶东铁路只有一条，就是胶济铁路，胶济铁路到了蓝村站，开始向南，转向青岛。刘奎基一路打听，好歹跑回家乡蓬莱。

日本人到处都是，家乡也不是世外桃源，也被占领了。回了家，只待了十二天，刘奎基就参了军。刘奎基最初加入的蓬莱县独立营是地方部队，装备很差，一个班只有两支枪，打鬼子怎么能过瘾？所以他一直寻找机会加入主力部队去。1944 年 3 月，刘奎基如愿以偿加入八路军胶东军区五旅七十三团。

刘奎基与妻子合影

这是一支英雄部队，老团长是后来的开国中将聂凤智，解放战争时是大名鼎鼎的"济南第一团"，一个团出了二十七位将军。

1944年8月发生在山东平度的大田战斗，是刘奎基在主力部队的首战。在这次战斗中，他左手负了伤，右眼进去一块弹片，直到化脓后才从嘴里取出来。因此上级决定让他复员，但他死活不干，最后跑到炊事班躲起来，并说烧饭烧水，叫干什么都成，就是不能回家。经过再三动员，他复员回家，但待了不久，便收拾东西又跑回部队，说什么也不肯走了。

那时，国共和谈将要破裂，全面内战即将爆发，部队在紧张地进行"百日大练兵"。练兵场上吊着一些二十来米的粗绳子，战士在爬上滑下练得浑身是汗。刘奎基毫不示弱，一只好手拽着往上爬，一只残手握着向下滑。没练多久，划得满手血肉模糊。这件事被团长孙同盛知道了，他非常感动地说："这样的兵，到哪儿去找啊！"孙同盛破例批准刘奎基回七连。不久，刘奎基带着伤残的手，参加了芝兰庄战斗。

那天夜里，大雨倾盆，部队冒雨发起了战斗。敌人是"顽八军"的一个主力团，战斗打得很苦。打到了下半夜，敌人的团部还没有解决。这时刘奎基已同连队失去了联系，他只身一人躲在一个门楼下。门楼里放着几包炸药，他怕被敌人火力打中，便把炸药包放到身下掩护着。这时敌人不断从一间房子里往外射击，两名战士牺牲了，躺在前面。他冒着敌人的密集火力，把两名烈士的遗体拖到门楼下，抱起炸药冲到敌人盘踞的房子前，将炸药放到山墙上，点燃了导火索，奔回门楼下。只听"轰"的一声巨响，山墙被炸飞了。刘奎基飞身冲进屋子，举着手榴弹大吼一声："举起手来！缴枪不杀！"被炸蒙了的敌人都乖乖地高举起双手。刘奎基把缴来的两挺轻机枪、四支冲锋枪都背挂在身上。恰巧这时，冲进来两个战士。刘奎基把缴来的武器和十二名俘虏统统交给了他们，自己又奔向另一座还在向外打枪的房子。

这座房子比较坚固，门口用尸体垒成掩体，一挺机枪正喷射火舌向外射击。刘奎基上前撸了一把枪筒，手被烫得冒烟。他发现房子下面的墙上挖了许多枪眼，于是把手榴弹一枚一枚拉了弦，从枪眼里扔了进去。随着手榴弹的爆炸声响起，房子里的敌人叽哇乱叫喊投降。他立即命令敌人放下武器并排好队走出来。在俘虏中，有敌正副团长两名。

在芝兰庄战斗中，刘奎基起了很大的作用。1946 年 12 月，在掖县召开的英模大会上，刘奎基被选为胶东军区一级战斗英雄。

（高玉宝）

7. 七十三团"横扫胶济路"

1948年的春天，胶东保卫战迫使敌人由"重点进攻"到"全面防御"，最后不得不转入"点线防御"。敌人在济南、兖州、潍县、青岛、烟台等几个城市集中重兵，加固工事，妄图阻挡我军攻势。此时党中央对山东作战方针的要求中指出：要把战争引向国民党统治区，抓住战机，不停顿地向敌人攻击；不仅要善于打运动战，而且要组织大规模的城市攻坚战；要有步骤地先扫清胶济路，再扫清津浦路中段各城镇守敌；要大量歼灭敌人的有生力量；要大量解放敌人占据的土地；要大批夺取敌人的武器装备武装自己；最后集中全力攻克济南，完成解放山东全境的历史任务。

根据中央这一指示精神，山东纵队决定发动胶济路西段战役，这是解放山东全境作战部署的第一个战役。这一仗打好了，对鼓舞士气、激励群众、震慑敌人、加深对中央战略构想的理解，都将起到不可估量的作用。七十三团接受了长途奔袭周村的主攻任务。

七十三团团长孙同盛接受任务后，向全团传达说："同志们，我们的任务，纵队首长已经下达，一句话，就是要横扫胶济路。"当时，胶济路守敌除济南、潍县决心死守外，其他各城镇都没有做长期固守的打算。驻周村守敌的实际兵力为五个营，约三千多人。工事构筑较简陋，缺少纵深配置。由于周村地处守备区中心，守敌也很松懈。在这种情况下，七十三团接到了揳入周村的任务，不仅要拿下，而且要打得快，打得狠，打得干净利落。

1948年3月1日，部队奉命由掖县出发，沿着胶济路北侧向东挺进，七天行程三百里，到达广饶地区休息两天，夜行昼伏，隐蔽直插周村。不料天不作美，部队在穿插途中，一场暴雨忽然倾盆而下。顷刻之间，坑满沟溢，道路淹没。部队陷在泥泞之中，身上衣服全部湿透，人迈不动脚步，弹药受潮，骡马拉不动辎重，炮轮陷进泥坑。战士一拥而上，推推拉拉，但是用劲越大陷得越深。四周漆黑一团什么也看不见，正在行进的部队道路不辨，首尾难顾，走了一夜，只走几里，未能赶到预定作战位置。

11日拂晓，七纵队攻下张店，俘敌四千余众。这让周村守敌三十二师师长周庆祥猛然惊醒。他一面向济南王耀武告急求援，一面命令长山、桓台、邹平、齐东之守敌火速向周村靠拢。这时周村的守敌由原来的三千人猛增至一万五千人。这一变化对我军十分不利。

为出奇制胜，纵队首长决定趁敌人匆忙收缩、交接不清、部署混乱，打他们个措手不及。孙同盛领令后，冒雨来到主攻连七连进行检查。七连连长肖锡谦说："报告团长，我们一切都准备就绪，只等攻击命令。"

孙同盛问："谁担任突击队长？"

肖锡谦说："由副连长刘奎基亲自担任。"

孙同盛说："好，告诉刘奎基，要猛打狠打。打开突破口后，迅速向里插，不给敌人喘息的机会。"

12日拂晓前，部队向周村守敌发起猛烈的攻击。七连不负众望，刘奎基首先带领部队钻了进去。但是由于突破口太少，刘奎基等少数几个人钻进去后，突破口就被敌人的火力封死。刘奎基被封在里面，情况不明。

孙同盛命令五连继续突破。五连连续爆破四次，终于获得成功，部队像潮水似的冲进城里。这时兄弟部队也相继突破。

孙同盛从突破口进城后，看到一副担架抬着一个伤员，问道："抬的是什么人？"

"刘奎基。"

"刘奎基还活着？"

原来刘奎基带着突击队，用小包炸药在城门洞中炸开窄窄的一道裂口，他用手扒了扒，一头钻了进去。不料被敌人发觉，从城门楼上以猛烈的交叉火力把突破口封死了。刘奎基进城后，迅速占领一处房屋，在敌人重兵围困下，浴血奋战，在一定程度上牵制了敌人，对策应攻城发挥了很大的作用。刘奎基接连负伤三次，站立不起，便趴在地上指挥战斗，一直坚持到最后胜利。

孙同盛指挥着部队，用小包炸药炸通墙壁，逐屋穿插，隐蔽接近并占领十字街口制高点——大阁。部队越战越勇，在我军强大的攻势面前，敌全团官兵放下武器。

经过十多个小时的战斗，我军全歼周村守敌一万五千余众。五连战后被纵队命名为"周村战斗模范连"，刘奎基也被授予"华东一级人民英雄"光荣称号。

8. 战时胶济路武交队

抗日战争胜利后,国民党军队仍然分割和封锁各个解放区,不断向解放区进犯和骚扰,破坏解放区人民正常生活,解放区之间的联系也受到严重的阻碍。在这种情况下,山东一些地区的邮政管理部门,根据情况先后组建了武装起来的特殊通信队伍——武交队。武交队,顾名思义就是以武装传递党的文件,文件数量不多,但大都是各级党委极为重要的机密文件。

胶济路武交队成立于1946年9月到10月间,当时工作在胶县和高密一带,成立时有四五十人,两个排四个班,隶属胶东邮政管理分局。1947年下半年,战争形势紧张了。武交队对外称过"胶东独立总队",取这个队名的用意是不让敌人特务知道这支队伍有多少人,是干什么的。

武交队队员年龄在二十到三十岁之间,大都是从各地邮局抽调来的青壮年骨干分子。武器装备有轻机枪一挺、转盘机枪两挺,其余是七九步枪、六五汉阳造和东北造,牌号很杂,子弹也不多。装备方面劣于正规军,优于地方

胶济铁路旁的碉堡

165

武工队。

胶济路武交队沿南海边向西穿插回到莱东（莱阳）南的宋村乙车家疃一带，从这一带穿过敌占区送文件。过一次封锁线是异常艰苦的。他们一般在下午饭后四五点钟开始行动，接近五龙河时天就灰暗了，从莱阳城西南十多公里处过五龙河，一过河即踏入敌占区。武交队的任务是传送党的文件，要尽量避免与敌人接触，离村避镇，迂回前进。行军时不能大声说话，即便咳嗽都要赶紧用毛巾或身边的物件捂住嘴。进入纵深地区，敌人不断向天空发射红黄白绿曳光弹，像眼镜蛇一样摇头摆尾，此起彼落。有时，炮弹忽然从队员们头顶飞过。在黑沉沉的夜里，这支坚强、勇敢的小队伍静悄悄地向西挺进。时间就是生命，拂晓前必须抵达大沽河西岸才有可能脱离敌占区。紧张地奔走一整夜，到大沽河时，人人疲惫不堪，走着走着还会小睡上片刻。有时候，队员们也会被敌人发现，他们就只能迅速转移。在这种情况下，饭是吃不上的，人也得不到休息。在一般情况下，他们完成任务会休息一天或半天，沿原路返回。

到1947年冬，山东形势开始好转了，我军先后解放高密、平度和莱阳城。对武交队来说，没有敌占区，也就没有穿过封锁线的任务了。这年冬末，武交队奉命到高密县，住夏庄，任务是传递滨北至胶东的来回文件。因社会不安定，时有土匪出没，党的文件仍需武装传送。1948年三四月间，武交队迁到滨北，与滨北一支三十来人的武交队合并，队名叫"滨北武交队"，任务未变，路线是由滨北铺上通往胶县。

1948年春，全省除了济南和青岛外，被国民党军队侵占的城市又回到人民手里，山东解放区连成一片。新解放的城市邮电机构先后建立，邮路交通站（点）也相继建立，邮路四通八达了。随着形势的发展，已不需要全副武装的人员去完成传送文件的任务了。

1948 年 9 月，济南解放。根据形势发展，上级决定撤销武交队。至此，在特殊的历史条件下建立起来的特殊邮政通信队伍——武装交通队，完成了它的历史使命，被载入史册。

（徐德吾）

四

回到人民手中的胶济铁路

解放战争后期，胶济铁路回到人民手中。但是因为战争的破坏，胶济铁路面目全非。党领导广大人民群众，从 1948 年 4 月开始抢修胶济线，并在 1949 年 6 月青岛解放后实现了胶济铁路的全线通车。新中国成立后，胶济铁路担负起国家经济大动脉的重任，为抗美援朝运送人员与物资，为电影拍摄提供场地，在抗美援朝、社会主义建设中发挥了积极作用，为国家的建设事业做出了重要贡献。

随着时代的发展，胶济铁路的历史受到越来越多的关注。人们挖出了胶济铁路初建时的德制钢轨钢枕，找到了明信片上山东铁道"第一铁桥"的具体位置，发现了日伪时期的铁路井盖……每一次寻找，每一次发现，都是铁路人和旅客铁路情怀的彰显。

（一）新中国成立前后的胶济铁路

山东完全解放之后，胶济铁路回到了人民手中。但因为战争的破坏，胶济铁路面目全非。党领导广大人民群众，从

1948 年 4 月开始抢修胶济线，并在 1949 年 6 月青岛解放后实现了胶济铁路的全线通车。新中国成立后，胶济铁路和胶济人为国家的建设事业做出了重要贡献。朝鲜战场上，活跃着以任维山为代表的胶济铁路职工；胶济铁路承运了人民英雄纪念碑碑心石，将九十四吨重的崂山浮山花岗岩从青岛运到北京；益都火车站还成为电影《南征北战》的取景地之一。

1. 抢修胶济铁路

1948 年 4 月，潍县解放。不过，战争破坏了胶济铁路线。中共中央华东局和华东野战军派遣鲁西武工队等队伍从渤海地区调到胶济线抢修铁路。需要抢修的主要是胶济铁路中段，主要分为两个部分，一是益都到坊子站的部分，一是周村附近的胶济西段。这些地方需要尽快修好，以便发挥后方的优势，积极支援前线。

因为战争的破坏，潍县解放后，胶济铁路已经面目全非。在潍县，车站上没有铁轨，路基坑洼不平，长满了荒草，修铁路的材料极度缺乏。德国人筑路用的轨枕是铁瓦，因年久锈蚀需全部更换为木枕，而一根枕木为两口袋粮食的价钱。面对这样的困难局面，修建队伍一筹莫展。

正当修建队伍在为修路焦急时，华东财办在益都召开了各县区会议，要求限期发动群众送枕木，加工道钉、夹板。进步地区的老百姓把当年破袭铁路的器材拿出来，民兵到野地里把当年藏的钢轨器材挖出来。地方政府分片包干组织队伍抢修，按标准修复路基。仅用三个月，从益都经谭家坊、杨家庄等站和坊子接轨的路段就修通了。

胶济线中段抢修完后，修路队伍又奉命到周村抢修胶济西段。此线路弯曲，桥梁多，天气又日趋寒冷，修建者们不分白天夜晚，不顾天寒，持续战斗在线路上。在这一过程中，广大筑路官兵做出了重要的贡献，付出了极大的牺牲。有一天下着小雨，夜间伸手不见五指，乘工程车前去修路的姚剑夫和张文两人下车后，摔到十米高的桥下，腰部受了重伤，后来不幸成了残疾人。铁路修到普集，和济南抢修大队的抢修路段接轨了，修路队队员们在自己抢修的铁路上乘坐火车到达了济南，住在华东铁路管理总局的大楼内进行休整。

1949年6月，青岛解放。胶济线于7月1日恢复全线通车，并与津浦线连接，配合山东军民有力地支援了全国解放战争。

（梁德生）

2. 抗美援朝战场上的胶济人

1951年，抗美援朝战场上活跃着一批铁路人，其中就有胶济铁路职工任维山。

任维山，1910年10月26日出生于高密康家庄，读过私塾，粗通文墨。1938年1月去胶济铁路工作，从此苦心钻研铁路维修，很快成为铁路养护维修的行家里手。在铁路工作期间，他多次秘密协助我党抗日武装做事，被日本人严刑拷打，直

172

至打爆右眼眼球。

他主动报名参加战斗时已经四十二岁，而且一只眼睛已经失明。考虑到他的身体与年龄，组织多次找到他谈话，然而，最终被他的激情所感染。考虑到他平时业务能力较强，而且是从战争年代摸爬滚打出来的老铁路人，组织最终同意了他的参军请求。

朝鲜境内的铁路，时常被美军飞机炸得面目全非。铁路线输送物资，是战争的生命线。担任桥梁抢修班班长的任维山在缺设备、人员少的困难面前没有退缩，而是集思广益，利用一切可利用的资源抢修被炸桥梁。原本一小时钉完桥面道钉的任务，任维山使用新的作业方法，带领全班人员，不到二十分钟即完成了作业。有时，正在维修桥梁，敌机又转过头来轰炸，黑色的炮弹掉入江中，炸起巨大的水柱。任维山一边加紧作业，一边观察敌情，飞机从侧面飞过来，他就带领抢修班到另一侧的桥体边缘躲避；正面飞来，就趴进枕木空隙。

"美国人的飞机呀，贴着树梢扔炸弹，那人是一炸一大片，树上都是血肉……"他后来回忆说。

历经抗日战争、解放战争的任维山临危不乱，引导新兵巧妙躲避敌机的轰炸："别顺着敌机来的方向躲，向敌机的两个侧面躲。侧面没地方，就赶紧看看周围有无弹坑、巨石、草丛、树木。敌机扫射时，要迎着飞机向前方有障碍物的地方卧倒，要顺坡卧倒。万不可跑直线，更别背对着飞机卧倒……"飞机一飞走，他赶紧组织大家继续抢修桥梁。

正是有了任维山这样经验丰富、技术过硬的铁路工人，他们才能一次又一次出色完成抢修任务，为战争的胜利提供了重要的保障。胶济铁路工人的战斗精神，也在朝鲜的大地上留下了光辉的印记。

（高玉宝）

3. 人民英雄纪念碑碑心石运输记

人民英雄纪念碑有多高？

37.94 米。

有多宽？

底层台座东西宽为 50.44 米，南北长 61.54 米。

那么用来支撑整座纪念碑的碑心石有多重？

刚开采时重达三百多吨，运到火车站时有一百零二吨，经缩身，装车后为九十四吨。到了北京，再经过打磨雕琢，有六十吨。缩身的过程，即是碑心石从开采到运输，到安装到位的过程。

1952 年 8 月 1 日，人民英雄纪念碑建设工程正式启动。用来刻"人民英雄纪念碑"字样的碑心石是纪念碑的重要组成部分，用哪里的石料作为原料十分重要。经过三个多月的寻找与比对，兴建委员会最终敲定，使用青岛崂山浮山花岗岩。浮山花岗岩的韧性、细腻度、花纹都非常适合运输、雕刻，并且不易风化。

青岛料石厂接到了这个艰巨的任务。为了保证开采的条石

人民英雄纪念碑初落成

不开裂，不折断，得开采出重约三百吨的巨石。在一块平整的石壁上，人们找到了石材。但是，如果按照传统的开采办法，只依靠人工，那得开采到何年何月？

于是，当年的工程组找到了崂山脚下一个有"石神"之称的老石匠。老石匠先在石壁上画好线，打上炮眼，填上炸药。一阵炮响之后，石头并没有按预期那样开裂，只有两侧被炸开。原来，为了不造成大的损伤，老石匠使用的炸药很少，只炸开部分石体。

然后，在老石匠的带领下，工人们用传统的作业方法，在石体周围挖出五米深的沟槽，让石材凸显出来，然后再在下方打通孔。历时三个多月，重达三百多吨的石材从山体上脱离出来。

接下来，人们在山上铺上轨道，将巨大的石材滑下山。到了平坦地带，工人们对石材进行加工，打磨。加工之后的石材从三百多吨减少到一百零二吨。

如何将这块巨石从浮山运到青岛孟庄铁路专用线呢？最后，他们采用了原始的滚木法，一寸一寸挪到了火车站。一路上可以说是遇山开路，遇水搭桥，道路窄处拆迁房屋，拐弯角度太大的地方也要想办法通行。短短十五公里，巨石走了三十多天。

当时，用来承载百吨重货物的车辆，全国少之又少。最后，还是从小丰满水电站调来全国唯一一节能够承载九十吨重量的车皮。到了铁路专用线，石材经过再一次缩身，终于缩身至九十四吨，这才装上火车，从青岛孟庄路车站缓缓驶出，以直线 20 公里 / 小时，弯道及进站 10 公里 / 小时的行车速度，载着碑心石坯体一路驶向北京。从青岛到北京，今天的高铁只需四个多小时，当时却跑了整整七天。

碑心石到达北京后，工人们依然采用老办法，以滚木的形式运到天安门。经过打磨与雕琢，这块来自青岛崂山的碑心石，最终减为六十吨。

高大、挺拔、威严的人民英雄纪念碑立起来，它将同长眠的革命英烈一起永垂不朽。

4. 益都火车站与《南征北战》拍摄

1952 年上映的《南征北战》改编自话剧《战线》，讲述了解放战争初期，在华东战场上，人民解放军在敌强我弱的形势下，正确运用毛泽东运动战的战略思想，消灭敌人取得胜利的故事。

《南征北战》中将军庙火车站的镜头，就是以益都火车站为背景拍摄的。当时的益都火车站还未来得及修复，1948 年的废墟还在，保存了破旧的砖墙、日本人修建的水塔、古老的街道，使得电影画面非常逼真，影像带着大家迅速闪回到陈年往事中。

电影拍摄时，解放战争已经结束。

古城益都火车站，装甲车轰隆隆开过来，后面还拉着大炮。铁路两旁狼烟四起，曾经驻扎着日本宪兵队的日式小楼下不断有队伍经过。解放军战士埋伏在铁道两旁，在铁轨上架起了机枪。被炮火炸扭曲的信号机梯子下面也埋伏着解放军战士。他们一脸凝重，枪上的刺刀寒光闪动。似乎战争的号角一响，战士们就会一跃而起，迅速冲向敌军的阵地。

晨雾朦胧，从胶济铁路的另一侧，开来了大队挂着国民党旗帜的军车。军车上，戴着钢盔的士兵怀里抱着精良的武器，表情严肃。汽车开在古城的石板街上，汽油的味道让百姓们禁不住吸了吸鼻子。他们认出了这些国民党士兵，眼睛里射出的不只是迷惑，还有恐惧和愤怒。

车队不知什么原因停了下来。

忽然，一片混乱。国军党兵正在当街"殴打"一个卖菜的老农，叫骂声不断。士兵踢翻了老农的菜担，举起手中黑亮的步枪。人群中发出愤怒的抗议声，不断有人发出怒喊。接着，一个戴着眼镜的人站了出来，他赶紧同士兵一起扶起老农，收拾好被打翻在地的蔬菜，不停向菜农道歉，并将五角钱塞进了老农的手中。

原来，这只是《南征北战》拍摄时的一个场景。

得知真相的百姓哈哈大笑，现场传来阵阵掌声。并且，不断有人参与电影的拍摄队伍中。拍摄组给群众演员的报酬是一天五角钱，让他们扮演成逃荒群众。一时，城里的大街小巷拥满了前来报名的群众。

拍电影，一直以来都是热门话题。摄制组动用了两个团的战士，一个团扮演解放军，一个团扮演国民党军。拍摄之初，两个团还因为谁扮演解放军而争论不休——1952年，抗美援朝战争还未结束，全军士气高涨，没人愿意扮演国民党军。

《南征北战》是我国第一部战争题材的电影，电影首映后，反响巨大。益都火车站也因一部电影迅速成名。

（二）寻找胶济记忆

岁月荏苒，时间的列车如同提速的高铁，风驰电掣。越来越多的人开始关注胶济铁路的历史。铁路初建时的德制钢轨钢枕、老济南明信片上的胶济铁路"第一铁桥"，日伪时期的铁路井盖……一件件饱含记忆的老物件，承载着胶济铁路的悠长历史。从"庄户列车"到"旅游列车"，到"扶贫列车"，再到"网红列车"，胶济路上的绿皮小火车见证着胶济铁路的日新月异，也承载着无数旅客的铁路情怀。

1. 寻找胶济铁路"第一铁桥"

20 世纪初曾经发行过一种老济南明信片，上面的照片是一座很短的普通铁路桥，行人或步行，或推着独轮车穿梭其下，很是热闹。下方有"济南风俗其三""山东铁道第一铁桥下"字样。

"山东铁道"是日本人对胶济铁路的称呼。由此推断，这张明信片的印制时间应该是在日本第一次占领胶济铁路期间，即 1914 年 11 月至 1922 年 12 月。既然这座铁路桥在胶济铁路线上，并号称"第一铁桥"，那么它一定有特别之处。

据 1904 年山东铁路公司编写的《山东铁路建设史》记载，

"山东铁道第一铁桥"明信片上的照片

胶济铁路修建时，干线上共修建了856座铁桥，支线上有99座铁桥。明信片上的这座铁桥不仅长度有限，而且不是架设在河流上的铁路桥，而是一座城市内与公路交会的立交桥。

　　明信片上写着"济南风俗其三"，说明这座铁路桥在济南。既然不是胶济铁路全线技术难度最大的铁桥，也不是最长的铁桥，又号称"第一铁桥"，那就只可能是距离胶济铁路西端济南站最近的铁桥，即胶济铁路济南站往东经过的第一座铁路桥。

　　"第一铁桥"的大致位置有了，继续对照1915年前后绘制的《济南市街图》。先找到图中济南商埠区北面的两条铁路线，上方是津浦铁路线，图中称为"津浦铁道"；下方是胶济铁路线，图中称为"山东铁道"。从济南站往东沿着铁路线寻找，两条铁路分别与一条"至泺口"的公路相交。不同之处是山东铁道与泺口大道相交的地方出现了铁路桥的图示，而津浦铁道与泺口大道相交的地方却没有铁路桥的图示。按照地图标示，铁路与公路交会，如果修建的是铁道线在上、行人车辆在下的涵洞，就标示为铁路桥梁；如果修建的是铁道线在下、行人车辆在上的高架，就标示为公路桥梁。通过以上分析，山东铁道与泺口大道相交的铁路桥，就是明信片上的"山东铁道第一铁桥"。津浦铁道与泺口大道相交的公路桥，就是现在仍在使用的济南天桥。

倪锡英《都市地理小丛书——济南》（1936 年 10 月上海中华书局出版）中的记载也佐证了这个推断："从胶济站的南面，转向东，再折向北，行近铁路通过的地方，路势便渐渐低下去，从铁道的下面穿过，仿佛一座旱桥一般。在这个交通区内，日常是不断的车轮声，列车的影子，不绝的在两站间驶过……"这段描述恰恰吻合了明信片中的场景。

笔者发现，在车站街 2 号月亮门内的上坡道上，有两块四四方方的桥墩石。"山东铁道第一铁桥"的位置确定无疑。如今，那两块桥墩石已经被征集到胶济铁路博物馆，得到妥善保护。

（陈宇舟）

2. 德制钢枕钢轨惊现记

胶济铁路博物馆"修筑胶济"展厅有一幅 20 世纪初胶济

胶济铁路博物馆展出的德制钢枕钢轨

铁路通车时拍摄的老照片。照片上，中国民众翘首观望隆隆驶来的庞然大物，却很少有人在意他们脚下并不起眼的铁路轨枕。

铁道上的轨枕不是四四方方的木头，而是中间细长、两头呈燕尾形的钢铁家伙。这就是一百多年前胶济铁路初建时全线铺设的德制钢枕，胶济铁路也成为中国使用钢枕最长的线路。如此形制的德制钢枕目前存世稀少，胶济铁路博物馆竟然一次展出了七根，令观者惊叹，纷纷询问是从哪里找到的，它们又是如何来到博物馆的。

时间还要回到胶济铁路博物馆初建的 2013 年 6 月。那天格外炎热，在现山东中铁文旅发展集团公司院内，几名工人正汗流浃背地翻修花坛。翻土时，手里的铁锹忽然感到碰到了硬邦邦的东西，大家以为是石头。但随着挖掘的深入，一根根两米多长的黑乎乎的钢铁片子出现在眼前。大家都不知道挖到了什么，只能向领导汇报。

时值济南局组织筹建胶济铁路博物馆，策划组正在多方寻找、征集和胶济铁路有关的老物件。当听到花坛的地底下翻出了奇怪的东西后，策划组专家立刻赶来查看。专家敏感地意识到，施工地点早先是原德国山东铁路公司胶济铁路办公用房，后来日本侵略时期改造为胶济铁路济南站，这个地方就在原来铁道线路附近。这些满带泥土、锈迹斑斑的物件一定与胶济铁路有着密不可分的关系。随后很快核实确定，发现的竟然是早期胶济铁路上使用的德制钢枕，长 2.4 米，高 80 毫米，底宽 184 毫米，重 50 公斤。

胶济铁路修建之初之所以采用钢枕，主要原因是德国技术人员坚持认为，木枕在山东的气候条件下不能持久，而钢枕不怕火，不会虫蛀，承受载荷较大，使用年限长，破损了可以通过电焊修补，回收利用率高，在德国铁路广泛使用，技术成熟，量产能力强。更重要的是按照中德双方约定，修筑胶济铁路的建设材料需从德国企业购置。

胶济铁路建设，完全以德国自身的工业和工程技术为基础，不仅工程师和技术人员几乎全部来自德国，而且全部轨道和桥梁材料、机车车辆、电报设备、水泥，以及用于铁路工厂和水站的设备等都购自德国。德国著名钢铁工业和机械制造企业几乎都为胶济铁路提供过材料设备。这当然是德国出于自身经济利益最大化的考虑，另一方面也可以看出胶济铁路具有的技术优势。

这些当年经历过远洋颠簸的德制钢枕，一百多年后就这样一根根破土而出。没过多久，在胶济铁路坊子火车站又搜寻到1900年德国波鸿公司生产的钢轨。2013年，当年的钢枕和钢轨在胶济铁路博物馆又一次组合，仿佛一个多世纪前就约定了这次重聚。

（陈宇舟）

3. 日伪铁路井盖背后的秘密

胶济铁路博物馆"风雨沧桑路"展区有一件不起眼的展品，是一个铸有华北交通株式会社标志的下水道井盖。华北交通株式会社成立于1938年4月17日，是日军全面侵华占领中国华北后，为统一管辖华北沦陷区内铁路、公路、内河等交通运输成立的殖民机构。这个见证日军侵略山东重要物证的井盖，如何留存至今？又如何来到胶济铁路博物馆呢？这还要从2015年的一个早晨说起……

2015年秋末冬初，胶济铁路博物馆

日伪华北交通株式会社的井盖

拓展筹建工作正紧锣密鼓进行。火车站西面的站前街是工程策划组人员上下班的必经之路。一天清晨，时为策划组成员的陈宇舟像往常一样步行路过这里。在狭窄的人行道上，不知道从哪里反射过来的一道亮光在他眼前一闪而过，一个圆形的图案也一下子"蹦"了出来。他不由自主地停下了脚步，脚下是一块看似普通的铸铁井盖。井盖表面没有文字，布满圆圈的图案，但井盖中心是一个大圆圈，并从边缘延伸出了几条长短不一的"横杠"，已经被过往的人们踩得非常光滑，在早晨太阳的照射下泛着银光。陈宇舟感觉这个图案好像从哪里看见过，心里一阵激动，掏出手机拍下了照片。到了办公室，他立即打开电脑，找到早就存在文件夹里的"中国各时期铁路徽"查证。很快，陈宇舟眼前一亮，井盖上的图案与日本侵华时期成立的伪铁路管理机构徽标极其相似。

七七事变爆发后不久，日本控制了华北铁路，在北平成立了南满洲铁道株式会社北支铁道事务局，下辖事务所。1938年1月27日，南满洲铁道株式会社北支事务局迁到北平。4月17日，由日本垄断华北经济的总机关华北开发株式会社、满铁和伪华北临时政府、伪蒙疆政府等合资组成华北交通株式会社，以满铁驻华理事为总裁，统一管辖华北沦陷区内铁路、公路、内河等交通运输事业，下辖天津、北平、张家口、济南、太原、开封、徐州、石家庄八个区铁路局，各局局长、副局长及各处处长除少数汉奸外，均由日本人担任。满铁和日本政府铁道省分别派出1.3万和2万名铁路"指导人员"，来华北"指导"铁路工作，推广满铁在东北沦陷区对铁路的殖民主义管理经验。为推行铁路联运，实行一体化经营，把铁路线变成扩大侵略战争的补给线，运送军队和军事物资，铁路沿线建有兵站，充作军事补给基地。充分利用铁路推行"以战养战"政策，还利用各大铁路工厂为日军制造炮弹，修理枪械和装甲车，犯下过累累罪行。

华北交通株式会社所使用的徽标为疾驶的车轮图案，两个同心圆，右上角有逐渐变短的"横杠"。一件见证历史的重要展品，就这样从热闹的马路到了博物馆的展厅。

（陈宇舟）

4. 从"庄户列车"到"网红列车"

胶济铁路有一条名为辛泰铁路的支线，连接淄博与泰安，在临淄与胶济铁路相接，在泰安与津浦铁路相接。该线始建于1970年，1974年通车。全线从鲁中山区穿过，184公里的线路上，架设了65座桥梁，修建了587座涵洞，开挖了22条隧道。隐蔽性好，不容易暴露，具备"备战、备荒、为人民"和国防"小三线"建设"靠山、分散、隐蔽"的典型特点。

今天，线路上行驶的是国铁济南局唯一一列绿皮小火车——7053/7054次公益慢火车。它是一列"庄户列车"，也是"旅游列车""扶贫列车""网红列车"。

"庄户列车"。1974年，伴随着辛泰铁路的开通，7053/7054次列车出现在铁道线上，列车往返停靠四十六个车站，编挂十二节车厢。村民们挎着篮子，挑着担子，抱着蛇皮袋子，带着鸭蛋、煎饼、地瓜、酸枣、小米、桃、杏等，拥到车站，挤进车厢，向着山外进发。他们或坐或站在摇摇晃晃的车厢里，抵达城镇、集市，一番忙碌后再返回山里。刚开始时，列车还是蒸汽机车牵引，一开车就呼呼往外冒浓烟，车厢里的座椅也是木质的，后来换成了内燃机车，车厢座椅也换成了皮座椅。车上设备设施也是"因陋就简"，冬天土暖气，夏天电风扇，铁路工作人员自烧茶炉。

"旅游列车"。变化在日升月落间悄悄来临。随着"村村通"公路的建设和私家车的普及，"小火车"上的乘客锐减，列车车厢缩减至四节，成为名副其实的"小火车"。辛泰铁路实施了电气化改造，牵引"小火车"的机车头由内燃机更换为电力机车，列车车厢升级为空调列车。"小火车"途经十五个

公益慢火车方便老百姓出行（姜爱勇摄）

187

优美古村落，潭溪山风景区、齐山风景区等自然景点和齐长城遗址分布沿线。登上列车，找一个小站下车，即可进入大山，体验生活，品尝美食，观赏美景，感受齐文化，购买土特产……在人们追求美好生活的步伐中，"小火车"以便宜的票价、优质的服务和"慢"优势，拉来了源源不断的旅客。

"扶贫列车"。随同游客一同到来的是无限商机。村民们开发乡村旅游，开办"农家乐"饭庄，美景、农家饭和各式各样的集市将越来越多的旅客引进了大山，车站经常是人来人往、熙熙攘攘。于是新的商机又出现了——在车站外摆摊。村民将土鸡蛋、蔬菜、小米、散养的笨鸡等摆在车站外面。"小火车"来了，车站成了小市场；"小火车"开走了，市场也就散了。老百姓说："车站离着菜园、果园近，有的旅客下了火车，直接到菜园、果园采摘，我们只管收钱，不用出力。这趟'小火车'太给力了。"

"网红火车"。"中国首家绿皮慢火车书店""坐着慢火车寻找诗和远方""7053公益慢火车'春之声'诗歌之旅""7053，你和一本书的故事"……"小火车"上的文化活动，滋养了旅客的心灵，丰富了旅客的旅程。随着绿皮"小火车"的名气越来越大，电视里、网络上、微博、朋友圈……到处可以看到它的身影。这一列公益性慢火车，以平均36.88公里的时速，全程11.5元、相邻两站之间仅为1元的票价，吸引游客来体验一把别样的旅行生活，也见证着胶济铁路的日新月异。

（郝炜华）

5. 三面钟，用时间来塑造历史

胶济铁路博物馆的第一展厅悬挂着一件大港站保留下来的三面钟。虽然只剩下满是铜锈的表盘和面向站台的两面钟壳，但也吸引着众多访客驻足，思考岁月的流逝和历史的记忆。

因年久失修，胶济铁路上的这种三面钟没能完整保存，仅存博物馆收藏展示的这个残件。1901年4月8日，胶济铁路通车到胶州，这座三面钟就开始使用了。当时，三面钟是胶济铁路车站的标准配置。

三面钟，顾名思义有三个面，室外的两面钟为子钟，面向车站站台两侧，为来往旅客指示时间；室内的一面钟为母钟，设置在车站值班室内，供车站行车人员使用。整个钟表由一组

三面钟侧面

三面钟正面

机芯驱动，三面同时运转，确保了旅客和工作人员看到的时间完全一致。

胶济铁路刚开通时，中国人对时间的概念最多精确到"时辰"，对时间的表述常常是"晌午""三更""五更"等。而铁路的开通、火车的开行引入了一种新式的时间纪律，重塑了人们的时间观念，让大家不约而同地把时间意识精确到分和秒，这对社会各界人员的生活习惯都产生了影响。西式的钟表成了火车站时间的象征，每个车站外部最显眼的标识正是悬挂的钟表。

火车运行促进了钟表和手表的销售。在铁路开通之前，是否准时对大家的意义不太大。但坐火车不行，时间精准度很重要。火车和铁路这种时间意识又被应用到了其他的领域，比如生产、办公、运动等。

在铁路刚开通的时期，报纸上满是埋怨火车晚点的文章，这毫不意外。直到现在，火车大面积晚点也常常成为生活类报纸的重磅新闻。

如今，铁路进入了CTC调度集中控制时代，车站行车电脑时间与路局级调度指挥中心保持了完全一致，这也为铁路正点率不断上升提供了技术保障。现在山东高铁在建及运营里程达到4400公里，实现"市市通高铁"，基本形成覆盖全省、通达全国的现代化高铁网络。预计到2035年，山东高铁网总规模将达到5700公里，高铁网络覆盖县域范围将达到93%以上，时速350公里高铁占比将提高到80%以上，高铁列车正点率将超过90%。极高的正点率，不仅让旅客出行更轻松舒适，也让高速铁路成为"中国制造"的一张新名片。

时光从三面钟下穿越百年悠然而去。三面钟指针已不再转动，嘀嗒声也不再响起，但时光依然在这里陪伴着历史，交融着当下，演奏出一曲以铁路发展为主旋律的时代交响曲。

（王玉建）

6. 老济南火车站钟楼的前世今生

1908年，一位名叫赫尔曼·菲舍尔的德国年轻建筑师来到济南。他站在已经开通运营四年的胶济铁路北面，凝望着眼前的这片广阔土地，那里即将诞生一条新的铁路——津浦铁路，北起天津，南至浦口。这位年轻的建筑师受中德两国委托，设计建造津浦铁路济南火车站。

赫尔曼·菲舍尔出生于1884年，到济南时年仅二十四岁，刚从德国希尔德堡豪森大学毕业，在德国建筑界籍籍无名，但这并不影响他将大学所学与天生具备的建筑才华倾洒到老济南火车站的设计上。经过数年努力，1913年，一栋带有钟楼的火车站出现在人们面前。这座火车站一经面世便占据了当时亚洲第一大火车站的位置，受到了国内外建筑家和百姓们的广泛赞誉，后被誉为"世界上唯一哥特式火车站""远东第一站"，成为我国一处享誉世界的著名地标。

津浦铁路济南火车站，人们习惯称它为老济南火车站，是一座典型的德国风格日耳曼式车站建筑，由候车大楼、钟表楼、售票处、行李房等组成，其中最引人注目的便是钟表楼。钟表楼是老火车站的最高点，也是整个建筑的构图中心，它高达三十二米，呈圆柱形，顶部为墨绿色的半球式圆顶，圆顶下方的窗洞里镶嵌着四面大钟。大钟的周围是巴洛克风格的装饰花纹，顶部连续的波浪纹设计宛如优雅的垂幔，彰显着建筑之美，同时保护着大钟免受风霜雨雪的侵蚀。大钟的下方则是多根欧式风格的圆柱，强调了空间的立体感，同时渗透出一种非凡的气质。

在那个依靠阳光与月光、星光推算时间的年代，美轮美奂的钟表楼不仅向人们提供了精准的时间，也成为老济南火车站的著名标志和济南市著名的地标。每当悠扬的钟声响起，济南这座东方古城仿佛吹过了欧洲的文明之风。很多外地人通过钟表楼记住了老济南火车站，进而记住了济南。

令赫尔曼·菲舍尔没有想到的是，凝聚了他的才华与心血的津浦铁路济南火车站引起了德方的不满。因为它那精美的堪称经典的造型使得仅为一处平房的胶济铁路济南站相形见绌。为了与中方抗衡，德方决定扩建胶济铁路济南站。扩建的地址就选在津浦铁路济南火车站的正南，两者相距仅三百米。就在德方大兴土木、奋起直追的时候，日德青岛战争爆发，德国战败，胶济铁路全线落入日军手中。日方接手德方的扩建工程。1915 年，胶济铁路济南站竣工，矗立在津浦铁路济南站南面。

从此，济南市出现了一种国内外少有的"城市奇观"、铁路车站中极其罕见的布局——两座车站相距咫尺，却互不通车，人们在胶济铁路与津浦铁路之间换乘，需要通过长长的旅客步行通道。

　　时光在老济南火车站的钟声里不舍昼夜地前进。人们通过钟表楼上的钟表时间调整赶车的步伐。但是来往旅客并不知道，映入他们眼帘的钟表只是那个硕大机械的零部件——表盘，它的身躯隐藏在钟表楼的里面。

　　钟表楼总共九层，最下面的一层是售票厅，相当于钟表的"底座"，第九层镶嵌着表盘，大钟主体部分则分布在第二至八层，大钟的机芯就安装在第八层。为了保证大钟精准运行，中华人民共和国成立后，济南铁路局专门安排钟表师维护保养大钟。"一天24小时1440分钟，误差一分钟就要定为'事故'

胶济铁路博物馆展示的津浦铁路济南站大钟（张汝峰摄）

进行分析。"曾经的钟表师对于大钟的保准标准和要求记忆犹新，也依然清晰地记得给大钟上弦的每一个细节。

这位钟表师陪伴了大钟整整三十个年头，经常用绸布或是小毛刷精心清理大钟零部件上的灰尘。他像守护自己的心脏一样守护着大钟，然而，最终却要亲自拆掉它。

1992年7月1日8时5分，钟楼上的大钟永远停止了转动，伴随着济南人走过近八十个春秋的老车站退出了历史舞台。钟表师接到上级命令，亲自带人登上钟表楼，拆除大钟部件。那一天给他留下了伤心的记忆："拆了一个多小时，后来送到西站的仓库了。"被拆下来的大钟零部件经过统计、编号后，交到仓库保存。那些零部件一个都不少，钟表师期待着将来有一天，在某个地方把大钟重新组装起来。

大钟拆下来后，钟表楼也开始了拆除工作。拆除过程中，人们发现，钟表楼修建得精细、坚固，使用的石材质量上乘，内部很多地方用的不是钢筋，而是钢轨。

随着钟表楼的拆除，老济南火车站的身影消失了，大钟那悠扬的报时声成为记忆。那曾与老济南火车站"双雄并峙"的胶济铁路济南站保存完好，成为济南市现存历史最悠久的德式火车站。

2016年，胶济铁路济南站被改建为胶济铁路博物馆，成为全国唯一一座建于百年老火车站内的铁路展馆。开馆那天，人们惊讶地发现老济南火车站拆除的钟楼大钟表盘和部分配件出现在三楼的展区内。在周围射灯的照耀下，大钟残件充满了历史的厚重感。细心的观众发现，表盘上显示的时刻为8时5分，那正是大钟被拆除时停摆的时间。

　　时间虽然无言，但是它是最好的经历者和见证者，也是最好的魔术师。一百年前，它使两座火车站相向而立，各展雄姿；一百年后，它又通过大钟残件这一特殊方式将两者结合在一起。历史不断前进，但它带给我们的思考永远不会停止。

（郝炜华）

参考文献

[1] 袁德宜著：《胶济铁路视察记》，交通丛报社1923年版。

[2] 胶济铁路非鲁籍同人编：《胶济潮》，胶济铁路非鲁籍同人印行，1925年。

[3] 赵德三辑：《接管胶济铁路纪》，京华印书局1924年版。

[4] 胶济铁路管理局总务处编查课编：《胶济铁路旅行指南》，内部印行，1934年。

[5] 胶济铁路警察署警察教练所：《派驻胶济铁路警察署警察教练所第一二三期纪念刊》，内部印行，1937年。

[6] 中共淄博市张店区委党史资料征集研究委员会编：《胶济大队》，山东人民出版社1989年版。

[7] 胶济铁路管理委员会编：《胶济铁路接收八周纪要》，文海出版社1931年版。

[8] 山东省地方史志编纂委员会编：《山东省志·铁路志》，山东人民出版社2008年版。

[9] 金士宣、徐文述编著：《中国铁路发展史（1876–1949）》，中国铁道出版社 1986 年版。

[10] 宋立江、颜涛、刘炳颖主编：《胶济百年》，北京广播学院出版社 2002 年版。

[11] 林吉玲、董建霞、满霞著：《胶济铁路与山东区域城市化发展研究》，中国文史出版社 2014 年版。

[12] 于建勇著：《图说胶济铁路故事》，中国铁道出版社 2015 年版。

[13] 山东省政协文史资料委员会编：《记忆山东·记忆胶济铁路》，山东人民出版社 2017 年版。

[14] 王帅著：《胶济铁路风物史》，中国海洋大学出版社 2019 年版。

[15] 金文妍著：《中国工业遗产故事：胶济铁路故事》，南京出版社 2020 年版。

[16] 中国铁路济南局集团有限公司编著：《胶济铁路》，中国铁道出版社 2021 年版。

[17] 王斌著：《被动的开放——清末胶济铁路建设史》，山东科学技术出版社 2022 年版。

后　记

　　《丛书》的编纂，是在山东省委宣传部直接领导下完成的。省委常委、宣传部部长白玉刚同志统筹策划部署，并担任编委会主任，多次主持召开编委会会议，提出明确目标要求和指导意见。省委宣传部分管日常工作的副部长、省文明办主任、省新闻办主任袭艳春同志对本书的立项出版、风格设计等方面提出了许多宝贵意见。在魏长民、毕司东、程守田、张同海、冷兴邦等同志的大力指导支持下，以教育部人文社科重点研究基地山东师范大学齐鲁文化研究院为学术挂靠单位，组建了《丛书》编纂学术委员会，具体负责编纂工作。山东师范大学特聘资深教授王志民任主任，山东大学儒学高等研究院教授杨朝明、中共山东省委党史研究院原一级巡视员韩延明、鲁东大学原副校长刘焕阳任副主任，全省相关高校、科研单位的 15 名学者为委员。

　　编纂过程中，《丛书》被列为山东省社科规划 3 个重大委托项目和 16 个一般项目。杨朝明为传统文化重大项目组首席专家，韩延明为红色文化重大项目组首席专家，刘焕阳为河海文化重大项目组首席专家。编委会经反复研讨，制定了《编撰体例》《编撰指导意见》；在省委宣传部支持下，采取主任统一领导与首席专家具体负责相结合的方式，认真落实各卷主编为质量第一责任人、首席专家和学术委员为主要质量把关人的运作机制；多次召开线上与线下、全体与分组相结合的研讨会，对提纲设计、样稿研讨、通稿审稿等关键环节，深入研讨、反复审议，编委会与全体编纂人员团结合作、齐心协力，付出了艰辛劳动。山东文艺出版社提前介入，对编纂工作和撰稿体例等提出了许多宝贵意见。在此，我们谨向为《丛书》编纂付出心血的各位领导、专家、作者和所有相关同志们表示诚挚感谢！

本册编纂，得到首席专家韩延明教授和学术委员章猷才教授、田同军教授、李金陵教授、吕志俊教授、汲广运教授的悉心指导，并得到中国铁路济南局集团有限公司的大力支持。主编刘本森教授（山东师范大学）全面负责本册的编纂工作，王玉建、陈宇舟、郝炜华、高玉宝等参与撰稿，所撰具体篇目详见正文。

由于水平和条件所限，不妥之处在所难免，欢迎有关专家和广大读者批评指正。

编者

2023 年 8 月